大道捕成

谢沁立◎著

天津出版传媒集团

百花文艺出版社

图书在版编目（ＣＩＰ）数据

大道辅成 / 谢沁立著. -- 天津 ：百花文艺出版社，
2019.10

ISBN 978-7-5306-7749-0

Ⅰ．①大… Ⅱ．①谢… Ⅲ．①报告文学–中国–当代
Ⅳ．①I25

中国版本图书馆 CIP 数据核字(2019)第 169852 号

大道辅成
DADAO FUCHENG

谢沁立　著

选题策划：刘　勇　　装帧设计：郭亚红
责任编辑：马　畅
出版发行：百花文艺出版社
地址：天津市和平区西康路 35 号　邮编：300051
电话传真：+86–22–23332651（发行部）
　　　　　+86–22–23332656（总编室）
　　　　　+86–22–23332478（邮购部）
主页：http://www.baihuawenyi.com
印刷：山东临沂新华印刷物流集团有限责任公司
开本：787×1092 毫米　　1/16
字数：150 千字　　插页：8
印张：14
版次：2019 年 10 月第 1 版
印次：2019 年 10 月第 1 次印刷
定价：42.00 元

如有印装质量问题,请与山东临沂新华印刷物流集团有限责任
公司联系调换
地址:山东省临沂市高新技术产业开发区新华路 1 号
电话:(0539)2925659
邮编:276017

王辅成和学生们交流学习感想

王辅成在天津师范大学宣讲社会主义核心价值观

2018 年 11 月，王辅成为南开大学生命科学学院
学生党校同学带来精彩演讲

王辅成为天津师范大学新生做专题报告

王辅成在天津师范大学"不忘初心、牢记使命——党的
十九大精神宣讲报告会"上进行演讲

王辅成在天津市和平区"五爱"教育阵地夏令营
开营仪式上演讲后与夏令营小营员们合影

王辅成多年来积累的学习资料

在家中学习的王辅成

王辅成冒雨赶往演讲现场

王辅成荣获"第四届全国道德模范提名奖"

王辅成在人民中学教授过的学生司玉玲对恩师的回忆

王辅成(右)和本书作者谢沁立在天津医科大学演讲现场合影

引　子

每个时代总要
有一种精神穿
越时空让人铭
记，每个民族
总要有一种信
仰绽放光芒照
亮行程。

七十九岁的高龄，一堂课的魅力，二十五年的宣讲。他的信念，从大学传到小学；他的感悟，从机关传到社区；他的正气，从企业传到乡村；他的足迹，从南国转到北疆……一千五百多场义务宣讲的春风化雨，四十万听众的思想共鸣，几十万元的爱心捐款，讲述着一位教育工作者的情怀，描绘着一位中国共产党员的执着，还原着一位道德模范的情操。这中间，有多少心与心的碰撞，情与情的交融，道与道的对话？

　　这是怎样的一位老人？他是如何将信仰、忠诚、奉献与善良根植于大学生的心田？那些被媒体广泛报道的事迹背后，究竟对应着怎样的心路历程？顺境时千好百好，但是面对委屈和挫折时，那一颗初心是怎样做到含泪前行、不动不摇？一个人的信仰如同他的筋骨，只有筋强骨壮，躯体才能确保健康，那么他又是凭借着怎样孜孜不倦的宣讲，为那么多听众搭起了"人生的骨架"？

　　2018年4月，乍暖还寒的初春，带着这些问号，怀着崇敬之心，我叩开了他的家门，一扇厚重的写满故事的门。

　　迎接我的是面容慈祥、笑意盈盈的女主人，她将我让到沙发处，几声问暖立时驱走了一身微寒。她说了句"您稍等，我老伴儿马上出来"，就移步客厅为我泡上一杯清茶。

这时，一位身着长款深蓝色条绒睡衣的老人从卧室中缓缓走出，他身材颀长，面容清癯，略显纷乱的灰白头发沉积着岁月之河的光荣与梦想。

他站在我的面前，语气舒缓地解释着："这样和您见面有失礼貌，所以我必须做一个说明。这两天忽冷忽热，我的腰椎间盘的老毛病又犯了，疼痛难忍，坐卧不宁，昨天几乎一夜未眠，本来想推迟一天接受您的访谈，但因为这是第一次与您相约，觉得更改时间不太合适，所以还是坚持今天见面，只能穿着这身宽松保暖的衣服了。"

从那天的第一次见面开始，我就正式踏上了他的宣讲之旅。二十次面对面对他进行深度采访，十次赴党政机关、高校、社区现场聆听他的演讲，此外还有对他的同事、学生的采访，积累了两万多字的采访记录，九千多分钟的录音资料……这一切勾勒出来的，是他七十九年岁月的行迹，是他感人肺腑的事迹，是他思考人生的心迹，是他坚定不移跟党走的足迹。

采访越是深入，我对他越是敬佩。我也终于懂得，他的谦逊与包容绝非刻意为之，而是修养之下的自然流露；他的自信与淡定绝非刻意为之，而是孜孜以求的内心的外在表达；他的坚定与执着也绝非刻意为之，而是党性锤炼后的必然结果。

他叫王辅成。一个普通的人，一个大写的人，一个高尚的人，一个以身许党许国的人。

每个时代总要有一种精神穿越时空让人铭记，每个民族总要有一种信仰绽放光芒照亮行程。王辅成的身上就有这样一种能量，贴心地温暖你，无声地影响你，深刻地启迪你，有力地鼓舞你。

他的故事，值得去听。

第一章　一堂课的信仰

无论在哪个岗位，都必须做到专与精，这是王辅成为自己定下的铁律。

精彩人生，始于家风

时钟拨回到七十多年前。那是王辅成的人生起点，那一阶段留下的最初记忆，也成了他一生中最深刻的记忆。

那时，母亲带着四五岁的王辅成和大他七岁的哥哥住在河北省宁河县芦台镇（今属天津市）。王辅成的家中虽满是花草的清香，却依然难掩其间的简朴。

王辅成的家属于中国最传统的家庭，父亲识文断字，会打算盘，为货站老板管理账务，母亲在家侍候公婆，照顾两个年幼的孩子。

在王辅成对儿时的回忆中，父亲的样貌有些模糊，他只依稀记得，父亲个子高大，待人和气，每次回家，总要抱起年幼的他，双颊上短粗的胡子扎得他的小脸一阵生疼。

母亲也很和善，就算受了委屈偶尔掉眼泪，也会背着他们，等到转身面对孩子时，马上又换回了一副笑脸。日子虽然过得紧紧巴巴，却被母亲操持得充满乐趣和希望。别看母亲裹着小脚，料理家务可是一把好手，她在家里孝敬长辈，在家外帮衬邻里，是街坊四邻口中数得上的备受敬重的人。

夏夜里，王辅成喜欢和母亲、哥哥坐在院子里乘凉，一边看着满天的星星，一边听母亲给他们讲牛郎织女，讲女娲补天，讲天上各路神仙的故事。那些故事，王辅成早已耳熟能详，却依然百听不厌。他仰着头望着天，想知道星空下的世界到底有多大。他在心底期盼着能够早一天走进学堂，将来成为一名天文学家，想象着去看看天上究竟有没有牛郎和织女。

一天中午，从不舍得动孩子一根指头的母亲竟然追着王辅成满屋子跑，因为被小脚限制了速度，盛怒之下，她哐的一声将捅炉子用的铁火棍儿扔了过来。王辅成腾挪身子躲开了这莫名其妙的一击，跑到几米开外的地方，惊魂未定地呼呼喘着粗气。原来，母亲之所以生这么大气，是因为他跟着别的孩子一起，朝一个乞丐扔了块石头。那是他第一次挨母亲打，也是一生中唯一的一次。这里面的道理是王辅成后来在对母亲为人处世的观察和揣摩中悟出来的：只要有机会，母亲总是想尽办法帮助别人，无论是对久居的街坊还是对外来的乞丐。王辅成一次次亲眼见到母亲将几张皱巴巴的纸币和家中为数不多的粮食塞到邻居手上，婶子大娘眼里闪出点点泪花，口中是道不尽的感激。

这时母亲慢慢消了气，她这次之所以动怒，是因为儿子的举动触碰了她做人的底线，现在坐在床头的她有些后悔，万一出手时没把稳方向，那根铁火棍儿要是真戳到了儿子可怎么好！母亲的心总是柔软的，只是在需要对孩子进行原则性教育的此刻，她偷偷地藏起了柔软，一字一顿地对儿子说："辅成啊，你可不能让娘白生这气。无论什么时候，做人都要善良、正直，要挺直腰杆，还要将心比心，摆正自己的心。"

王辅成没有搭腔，但他的心里却在翻江倒海。长这么大，他从没认真思考过人际关系问题，也没意识到随大溜式的恶作剧能产生多么严重的后果。听了母亲的一番话,他似乎明白了不少新的道理,但那根铁火棍儿带来的余悸还没彻底消散,在这种五味杂陈的情感中,他觉得母亲说的在理,因而对母亲心悦诚服。他略微点了点头,在心里暗暗地对自己说:我要做母亲那样的人。从那以后,他成了镇里最懂事的孩子,每次小伙伴之间发生纠纷,只要有会讲道理的王辅成在场,无论来龙去脉多么复杂,最终准能公平解决。

中华人民共和国刚刚成立,王辅成上了小学。虽说镇里的小学条件简陋,却是他最向往的地方。他背着小书包一路小跑地去学堂,跟着先生识字、读书是他特别享受的幸福时光。

家乡的田埂散发着泥土的清香,每天在这些纵横交错的小路上奔跑,加上蓝天白云的滋养,给了王辅成一副健壮的体格。他一天天长大,虽然体形一直瘦削,却很健康,浑身是劲,腰板总是挺得很直,散发着一种与生俱来的正气。

1950 年岁末的一天,王辅成从学堂回来,还没来得及把手焐暖,母亲就把他拉到一边,说:"辅成啊,过几天你就要去天津了,你爹在那里给你找好了地方。"

"到天津还能念书吗?"王辅成下意识地脱口而出。

母亲温和地一笑:"当然要读书呀,你将来要读很多很多的书,还得回家来读给娘听呢。"母亲收拾了简单的行囊,伯伯、叔叔拎着背包,送他们母子三人去车站。王辅成背着一个大包,小书包被他紧紧抱在胸前,里面有课本和作业本。他一次次回头望着刻下自己童年的小镇,有些不舍,又有些兴奋。这个少年的心里第一次有了一种难以言说的滋味,一边是惆怅,一边是希望。

王辅成跟着母亲和哥哥来到天津,和在天津工作的父亲住到一起,一家人享受着团圆的喜悦。父亲给他联系的学校是天后宫小学,他要在这里重读二年级。年长王辅成七岁的哥哥不久就离开家,到军粮城的一所学校当了一名人民教师。

由于比同班的孩子大一两岁，个头也比别人高，所以王辅成被安排在教室的最后一排。奇怪的是，每当老师让他站起来朗读课文时，都会引起同学们的一阵窃笑。他疑惑地看着老师和同学们，心想，我明明是认真朗读的，同学们笑什么呢？同桌拉了拉他的胳膊，小声说："你说话的腔调怎么和我们不一样呢？"王辅成琢磨着同桌的话：确实，自己跟老师和同学们说话的腔调真的有很大差异。以前他在芦台时，大家讲话都是相同的腔调，从没感觉有什么异样，原来这看似平常的说话里还藏着这么多学问啊。

从那天起，王辅成开始注意倾听和模仿每位老师的讲话，特别是听他最喜欢的语文贾老师抑扬顿挫地朗读课文时，简直是一种难得的享受。每堂语文课上，王辅成总是抢着举手朗读课文，即使有同学讥笑，他也毫不在乎。下课回到家，他左手拿着搪瓷水杯当喇叭，右手举着课本，学着老师的语调朗读课文。这样的场景每天都重复上演，一板一眼，他从不偷懒。王辅成在朗读中找寻着乐趣，让自己尽情地沉浸在汉字的优美韵律中。他的认真受到老师的赞许。一天课上，王辅成朗读完课文后，贾老师对全班同学说："王辅成同学认真听讲，认真朗读，进步非常快，同学们都要向他学习。"然后贾老师让王辅成走到讲台上来。王辅成有些紧张，走到讲桌前，一时手足无措。贾老师打开一张宣纸，上面是用毛笔书写的"学习模范奖状"。这是出自贾老师手笔的奖状！"王辅成同学，奖励你，加油！"贾老师的鼓励让王辅成激动不已，他捧着奖状的双手竟微微有些颤抖，这是他生平第一次受到这么隆重的嘉奖。这张手写奖状，带给王辅成的不仅是肯定，还有一种由心灵撞击而产生的激励。这激励，他记了一辈子；这激励，后来又传递给了更多的人。

一个学期下来，王辅成的普通话练得字正腔圆，他常常被老师点名朗读课文。每当这时,他都放下书本,目视前方,抑扬顿挫地将整段课文背诵下来。勤奋刻苦的努力,加上博闻强识的天赋,让那些经典文章犹如一道道年轮,深深地刻在了他的记忆里。

对于如今已步入晚年的王辅成来说,他的每一天依然是从背诵开始的。他要求自己的生物钟精准规律,不得懈怠。经过天长日久的积累,那些好词好句都借助他的"童子功"——装进脑海里,再也不会忘记。

暑假里,堂弟王辅立来天津探亲。以前在芦台时,他就是王辅成的小尾巴。总算熬到假期了,又能回到阔别多日的哥哥身边,王辅立兴奋得又蹦又跳,每天都要和哥哥挤在一张床上睡觉,每晚睡觉前小哥儿俩都有聊不完的话题。

这天,王辅立正梦到和哥哥一起下塘捞鱼,突然,一条大鱼游到他的脚边,他刚要去抓,就听见哥哥喊:"快醒醒,起来写作业啦!"

王辅立揉揉眼睛,见王辅成已经收拾停当,站在床边摇着他的脚踝,这才从刚才的梦境中回过神儿来:"哥,这不放假了吗?又不上学,写什么作业啊?"

"不行,要写暑假作业啊。今天的作业就得今天完成,赶紧起来!"王辅立嘟着嘴,很不情愿地起了床。

就这样,王辅立每天早晨都要跟着哥哥读书、写作业。写完作业,哥哥才会带他在胡同口和邻居家的孩子一起玩得不亦乐乎,那一刻,他们仿佛又回到了在小镇的时光。

但到了下午,王辅成就要单独行动了。他告诉弟弟,自己要去学校的操场跑步,每天必须跑够二十圈才算完成任务。他说,这是给自己制订的暑期锻炼计划,必须保质保量完成。

王辅立记得很清楚,到了晚上,哥哥还要写日记,记录这一天完成作业的情况。他坐在一旁,羡慕地看着哥哥在日记本上流畅地写写画画。这时，哥哥却捂上本子，说："别人的日记本，不许偷看。不过，我今天在里面写上你了，你今天和邻居小朋友玩的时候谦让了他，哥表扬你，给你记在日记里。"王辅立听了，心里美滋滋的，说："哥，你好好写我，我明天会表现得更好。"

转年暑假，王辅立又来看哥哥了。哥儿俩都长高了一截儿。一天，王辅成说，我带你学骑自行车吧，你以后上学路远，骑车又快又方便。

海河边，金钢桥下。这里的一片空地是练习骑车的好地方。第一天，王辅立摇摇晃晃地蹬着车，哥哥跟在后面扶着后车架，小哥儿俩累得浑身是汗，但也把开心写在了脸上。

第二天，哥儿俩又去练车。王辅立掌握了些要领，但还是有些胆怯，一个劲儿地告诉哥哥不要撒手。这一回，王辅成没听弟弟的话，悄悄地松开了手，结果王辅立摔得人仰车翻，他一骨碌爬起来，顾不上掸去身上的泥土，也不管倒在地上轱辘还在转动的自行车，趁其不备地顶了王辅成一个趔趄，说："叫你松手害我，我也还你一下，咱可算扯平喽！"

第三天，王辅成感觉弟弟骑得越来越轻快，已经掌握了平衡，便又悄悄松了手。没想到，弟弟正平稳地往前骑着，对面一个也在学骑车的男孩摇摇晃晃地撞向他。这一次，王辅立摔得更重，坐在地上喘着粗气。王辅成跑过来，看了一眼弟弟，却先扶起了对面那个也摔倒在地的男孩，帮人家立起车子，还给人家鞠了一躬，连声说："对不起啊，我弟弟撞到你了。"

王辅立心里很是不忿："哥，是他撞的我呀！"

这时，那个男孩站起身来，不好意思地对王辅立说："该说对不起的是我，是我撞了你，你没事吧？"

王辅立看了看哥哥，又拍了拍沾上一大片泥土的上衣，连忙说：

"没事啦,没事啦。"

回家的路上,王辅立有些埋怨地对哥哥说:"你怎么总'胳膊肘往外拐'啊?明明是我被撞了,你还给人家道歉,害得我不随着你说都不行。"

王辅成乐呵呵地说:"这算多大个事啊,想骑车,不摔够了怎么学得会。再说人家又不是故意的,做人要将心比心,你对人家客气,人家只会更敬重你。"

王辅立若有所思地点点头。

王辅成小学毕业后考入了天津市第五十三中学。

上了初中,识的字多了,王辅成便四处借书来读。除了去学校的图书馆,他还经常到当时位于东马路的天津市少年宫,那里有一个阅览室,在阅览室里,王辅成读了《钢铁是怎样炼成的》《牛虻》《我的童年》等书籍,还看了一些科普读物,那上面有他喜欢的天文学知识。

两年后,天津市第五十三中学因建制调整划归第三十五中学,他又从这里考入天津市第八十中学。这一年,刚刚开始高中生活的王辅成已经长成为一米七八的大小伙子。

半个多世纪以来,王辅成一直认为自己坚持不懈的品格得益于他的恩师——高中语文王老师的教导。王老师戴着一副眼镜,身材修长,举止斯文,或走或坐或站或说,都有着松树一般的挺拔身姿。

一转眼,王辅成即将升入高三。品学兼优的他早已为自己描画好了未来——考上大学,选择从小向往的与天文、地理、历史相关的学科,做个学者,报效祖国。

高三开学前,一个消息在学生中间传开了:全国教育系统将培养一大批中小学教师,将他们补充到各个学校中去。天津市第八十中学将更名为天津师范专科学校,属于大专建制。这意味着王辅成读完高三之后，只要再学两年课程，毕业后就能成为一名教师。

传闻很快成为事实。学生和家长有一周的考虑时间，需要进行二选一：是继续读完高三后报考大学，还是高中和大专连读，毕业后走上教师岗位。

是否选择去当一名教师？王辅成回到家，看着书架上的图书和自己用过的笔记本，随手翻开一个本子，上面有老师的勾画和批语。这一刻，从小到大教过他的老师们的身影一个个地浮现在眼前，有的亲和，有的严厉，有的幽默，有的随性……正是他们的悉心栽培，才有了自己的茁壮成长，让自己学到了那么多的知识，而这些知识正是自己今后报效祖国的资本。

教师，教书育人，这是一个多么光荣的职业啊！虽然不能当一名天文学家，但老师这个职业也是为国家做贡献啊。我要当一名人民教师！

当王辅成把这个想法告诉父母后，老两口异口同声，完全支持儿子的决定。虽然他们讲不出什么大道理，但是他们知道，教师做的是教书育人的大事情，儿子是个有抱负的人，往讲台上一站，一定能启发更多的孩子萌生远大的志向。

转天，王辅成郑重地在报名表上填上了自己的志愿。

开学典礼上，师专校长韩峰对学生们说："祖国需要你们。未来的老师们，希望你们扎实学习，将来为人师表，为祖国的教育事业做出大贡献。"

王辅成进入了中文系。老师们都说，要当好一名语文老师，肚子里一定要有"货"；要背诵很多经典文章作为积淀，只有在课堂上出口成章，才能让学生们在佩服的同时产生浓厚的学习兴趣。

一堂古典文学课上，李敦俭老师拿着一本竖版印刷的《唐诗三百首》对同学们说："这是清朝学人蘅塘退士编的《唐诗三百首》。以前古人读书，这些诗是必须牢记的。但现在估计没人能够完全背诵下来了，因为没人肯下那个功夫。我没有更高的要求，希望同学们能多背诵一首是一首吧。"

其实，李老师用的是激将法，他希望自己教的学生中有人能把这些诗完全背诵下来。

李老师的激将法立见成效。王辅成暗自定下目标，要把这些诗全部背下来。他翻翻书，发现背一首、两首容易，五言绝句也好记，可那些七言绝句，就是下了功夫也未必能全部背诵下来。再说了，即便背下来，能记得长久吗？

一位姓李的同学也想把这些诗都背下来。他和王辅成打赌，看两人谁先全部背下来，赌输的一方要买书送给赢家。两个人一言为定。

王辅成开启了自己的"背诵长征"，先易后难，从简单的五言律诗开始。每天早晨，他早早起床，走到学校的操场边，把书包挂在双杠上，拿出书，先大声朗读五遍，然后将书放回书包，一边用力撑上双杠，活动身体，一边大声背诵。背不下来时，他就跳下双杠，再去翻书。这样周而复始，王辅成很快就将五言律诗全部背诵下来。但他发现，往往是背得容易忘得也快。他想来想去，终于明白了，在记忆这个问题上，勤奋是唯一的捷径，重复是最大的力量。于是，他的办法就是每天重复，一边背诵新诗，一边复习旧诗。书包里还装着字典，遇到生僻字马上就查，绝不嫌麻烦。

一年半以后，王辅成的书翻烂了，字典也翻烂了，《唐诗三百首》一首不落地记在了他的脑子里。让他感到意外的是，这套独创的"健身背诵法"还催生出一个副产品，那就是技艺日精、花样迭出的双杠功夫。

到了约定的日期，之前和他打赌的李同学只背诵了一半，自然就服了输。王辅成则在同学们的一次次检验中顺利过关，不管大家随机点出哪一首诗，王辅成都能流利地、充满感情地背诵出来。作为打赌的

"战利品",王辅成从说话算话的李同学那里赢到了一本新字典。

这个有点艰辛又十分考验毅力的背诵过程,不仅让王辅成"腹有诗书气自华",更使他笃定了"有志者事竟成"的信念。无论是谁,只要认准了正确目标,一往无前,定能有所收获。那时的王辅成还没意识到,正是这样一个朴素的信念将伴随他度过半个多世纪的时光。

王辅成偏爱古典文学,这门科目的学习成绩明显优于其他科目,外国文学课主讲教师王秀英对他说:"你得在外国文学上下下功夫,以后你当了中学老师,总不能在讲台上对你的学生们说:'不好意思啊,王老师的外国文学学得不好。'与其到了那时候难堪,还不如现在多花些心思,为将来打下基础。"

王辅成发自内心地感激这位为他着想的王老师,一部部厚重如砖头的经典外国文学读物被他带进了教室,借回了宿舍。他还把外国文学课程涉及的五十多位作家的七十多部作品编成顺口溜,起名为《欧洲文苑亦灿哉》——

"荷索神谈巨堂四,席歌鲁汤拉顿哀。雷雨拜雪普司喜,福双名简海乔莱。果赫屠奥车莫曼,安易托尼萧罪苔。大小伏契三斯更,欧洲文苑亦灿哉!"

寥寥几十个字,对应的是一部部欧洲经典文学作品。其中的"荷"指古希腊的《荷马史诗》(包括《伊利亚特》《奥德赛》两部分),"索"指古希腊的《伊索寓言》,"神"指但丁的《神曲》,"谈"指薄伽丘的《十日谈》,"巨"指拉伯雷的《巨人传》,"堂"指塞万提斯的《堂吉诃德》,"四"指莎士比亚的四大悲剧(《哈姆雷特》《奥赛罗》《麦克白》《李尔王》),"席"指席勒的《强盗》《阴谋与爱情》,"歌"指歌德的《浮士德》《少年维特之烦恼》,"鲁"指笛福的《鲁滨孙漂流记》,"汤"指菲尔丁的《汤姆·琼斯》,"拉"指狄德罗的《拉摩的侄儿》,"顿"指弥尔顿的《失乐园》《复乐园》《力士参孙》,"哀"指莫里哀的《伪君子》,"雷"指俄国的《克雷洛夫寓言》,"雨"指雨果的《悲惨世界》《巴黎圣母院》《九三年》，"拜"指拜伦的《唐璜》，"雪"指雪莱的《麦布女王》，"普"指普希金的《上尉的女儿》《叶甫盖尼·奥涅金》，"司"指司汤达的《红与黑》，"喜"指巴尔扎克的《人间喜剧》，"福"指福楼拜的《包法利夫人》，"双"指狄更斯的《双城记》《艰难时世》《远大前程》，"名"指萨克雷的《名利场》，"简"指夏洛蒂·勃朗特的《简爱》，"海"指海涅的《德国，一个冬天的童话》，"乔"指乔万尼奥里的《斯巴达克斯》，"莱"指莱蒙托夫的《当代英雄》，"果"指果戈理的《钦差大臣》《死魂灵》，"赫"指赫尔岑的《谁之罪》，"屠"指屠格涅夫的《猎人笔记》《父与子》，"奥"指俄国的两位作家——亚历山大·尼古拉耶维奇·奥斯特洛夫斯基（《大雷雨》）、尼古拉·阿列克谢耶维奇·奥斯特洛夫斯基（《钢铁是怎样炼成的》），"车"指车尔尼雪夫斯基的《怎么办》，"莫"指莫泊桑的《项链》《羊脂球》《漂亮朋友》，"曼"指罗曼·罗兰的《约翰·克利斯朵夫》，"安"指丹麦的《安徒生童话》，"易"指易卜生的《玩偶之家》《人民公敌》，"托"指列夫·托尔斯泰的《复活》《安娜·卡列宁娜》《战争与和平》，"尼"指尼克索的三部曲（《征服者贝莱》《蒂特——人的女儿》《红色的莫尔顿》），"萧"指萧伯纳的《巴巴拉少校》，"罪"指陀思妥耶夫斯基的《罪与罚》，"苔"指哈代的《德伯家的苔丝》，"大"指大仲马的《三剑客》《基督山伯爵》，"小"指小仲马的《茶花女》，"伏"指伏尼契的《牛虻》，"契"指契诃夫的《套中人》《变色龙》，三斯指古希腊三大悲剧作家埃斯库罗斯的《被缚的普罗米修斯》、索福克勒斯的《俄狄浦斯王》、欧里庇得斯的《美狄亚》，"更"指更要指出的——高尔基的《母亲》。

这么多经典作品，别说精读，就算浏览一遍也不容易。然而，言必信行必果的王辅成，硬是搭上全部业余时间，将这条令许多人望而却步的文学长廊视为新的精神家园，每日漫步其中。

在师专的几个学期里，王辅成的青春日历上始终写着两个字——读书。他沉迷在文字组成的知识的海洋里，以一种近乎忘我的

2018 年 11 月，王辅成为南开大学生命科学学院
学生党校的同学们带来精彩演讲

痴狂，感知着优美文字描绘出来的美妙世界。这个时期的王辅成还掌握了记忆的诀窍，那就是每天"磨刀"，朝夕不息，于是刀锋日利，使他的头脑犹如一座矿山，堆满了宝藏，充实而富有。

树人先树己

1963年6月，王辅成即将从天津师专中文系毕业。班上的五十名同学面临全国随机分配，按照学校惯例，去向多是甘肃和东北三省。

此时的天津已是入夏时节，街上的行人大都穿上了短袖衬衣，王辅成却在家里和母亲一起翻找冬天的棉衣。母亲从箱底拿出父亲的一件黑色老皮袄，按照儿子的身材裁改后，又在领子上加了一顶棉帽子，把皮袄改成了一件厚实的皮猴。在稍一活动就会滴汗的那几天，母亲硬是盘着小脚坐在床上，一针一线地絮好了两床厚厚的棉被，将母爱缝进了被子里。

一家人粮草先行，做好了王辅成去东北教书的准备。王辅成更是先行一步，开始查阅齐齐哈尔、大庆等地的气候与地理资料，他甚至想：课余时间是不是可以带着学生们一起滑雪？可是，分配结果一公布，母亲给王辅成准备的加厚皮猴和棉被就都派不上用场了，他不但留在了天津，而且还被分配到离家不远的和平区吴家窑中学，在那里担任初中语文教师。

没能到条件艰苦的外地施展抱负，王辅成的一腔热血仿佛瞬间凝结了一半。看着分配名单，他的脑海中浮现出东北冰天雪地和甘肃大漠黄沙的景象，虽然有些失望，但还是平静地接受了这个安排。他暗暗下定决心：无论在哪里教书，我都要当一名好老师。

1963 年 8 月，二十三岁的王辅成正式成为一名中学老师。他授课的第一间教室是天津市吴家窑中学初一年级十三班，这是个男生班，全班共有五十四名学生。当王辅成大步跨上讲台时，一屋子男孩的眼睛齐刷刷地望着这位个头高大、声音洪亮、腰板挺直的老师，或许在猜想着未来三年的初中生活会是怎样一番情景，眼前这位又是怎样的一位老师呢？

　　王辅成脚下是那种老式的水泥磨面讲台，比黑板还要宽出一大截儿，讲桌居中摆放，上面有一纸盒白色粉笔。第一次作为教师站在讲台上，王辅成感到了一丝紧张。好在细心的他早已提前做好了预案，他将一支粉笔攥在右手手心里，为的是万一讲课时语言组织不顺畅，就可以及时转身，借助板书掩饰一下。可是，片刻紧张过后，看着坐在下面的孩子们那稚嫩的面庞、清澈的眼神，王辅成一下子就放松下来，他对自己说：他们就是祖国的花朵、祖国的未来，我作为他们的老师，不但要把全部知识教给他们，还要和他们成为朋友。和朋友交往，为什么还要紧张呢？

　　此刻，已经很镇定的王辅成望着学生们，他没有开口，而是转身在黑板上写下了四个漂亮的大字——"先礼后兵"。

　　学生们窃窃私语起来，先礼后兵，是不是以后犯了错误，这位老师要对我们拳打脚踢啊？王辅成看出了学生们的疑惑，这也正是他想要的疑惑。他笑了笑，缓缓说道："同学们，我是你们的班主任老师，姓王，我教你们语文课。我可以告诉你们，这个'先礼后兵'是我的准则。你们年龄小，遇到事情我会给你们讲道理，但如果你们不改，我可是会用'兵'的。"

　　至于怎么用兵，用什么兵，王辅成留了个悬念，但一个响当当的"兵"字，还是让这些小男子汉们不由自主地坐直了身子。

　　开学后没多久，吴家窑中学更名为人民中学，师资按照重点学校配备。

　　杜志勇是当时全校一千五百名学生中的一员，他清楚地记得每次上语文课时，王辅成走上讲台后，都要先背诵一段文章，或是一段人生格言，杜志勇印象最深刻的一段话是："当你有了一个高尚而伟大的目标时，就会把你的劳动当成休息。"

　　那一年，杜志勇十三岁，正是最调皮的年纪。他的淘气全校闻名——不顾危险下河游泳；用小动物吓唬老师；中午自己不睡不说，还搅得邻座的同学无法休息……聪明过人的他成了孩子王。三年初中时光，杜志勇虽然小错不断，但直到中学毕业，他从来没见过王老师用"兵"，感受到的都是王老师体贴入微的"礼"。

　　那时，中学外语课开设的是俄语课，杜志勇最怵头那些靠舌头较劲的发音，于是就想方设法逃俄语课，拒绝写作业，考试当然也不及格，总是惹俄语老师生气。无奈之下，俄语老师去向王辅成求援，王辅成说："你就交给我吧。"

　　那天，杜志勇的俄语小测验又不及格，他心惊胆战地等着王老师"提审"，可王老师一直没有露面。

　　放学铃响过之后，杜志勇心事重重地背起书包。这时，王老师走到他的面前，说："杜志勇，今天老师送你回家吧。""要家访吗？"杜志勇吓了一跳，几乎带着哭腔问道。别看杜志勇在学校里像个男子汉，但是只要一站到家教严苛的父亲面前，他就会立刻失掉所有的锐气。如果王老师趁家访时给他告上一状，他根本不敢想象父亲会怎样收拾自己。此刻，那么多双同学的眼睛看着他，他只好强撑着孩子王的颜面，一忍再忍，硬是将眼泪憋了回去。

　　一路上，杜志勇低着头，忐忑不安地走着，时不时踢一脚地上的小石子。他一直在等着王老师的批评，也就是"用兵"的那一刻。王辅成却没有"爆发"的迹象，一边走一边揽着杜志勇的肩膀，问："杜志勇，你觉得俄语很难吗？"

"那当然，太难了！嘟噜嘟噜，听不明白，也说不明白。"

"还真是，我也认为俄语太难了，我的俄语学得也不好，和你一样，刚开始时考试也不及格。"

"真的吗？王老师，您也会不及格？"杜志勇瞪大眼睛，将信将疑地问。

"对啊！因为俄语不是我们的母语，后天学起来肯定吃力。如果再不刻苦学，是不可能学会的。上学时我可努力啦，后来俄语成绩就一点点好起来了！"说到兴奋处，王辅成还用俄语说了一句"好好学习，天天向上"。

杜志勇听得有些糊涂，不住地用手摸着后脑勺，眉毛眼睛皱在一起。这时，王辅成继续说："你呀应该这样想，俄语不是难吗，不是像碉堡一样立在那里吗？我是男子汉，越难我越要战胜它。是碉堡，就去摧毁它。我当时就是这么想的，所以我就战胜它啦！我相信你也行。"

在离杜志勇家不远的地方，王辅成停下了脚步，他从包里拿出一本厚厚的《俄华词典》递给杜志勇，说："这是老师送给你的，俄语读不出来时就翻翻这本词典。勤翻翻，对你会有帮助的。老师先走了，你快回家吧！"

王辅成的背影渐渐淡入了夜色中，留下呆呆站在家门口的杜志勇。王老师的一席话犹如一根银针，刹那间穿过他的毛孔，深及腠理，好像恰巧点中了他求胜好强的穴道。那天晚上，一向调皮的杜志勇似乎第一次安静地坐在台灯下，认真写完作业。睡觉前，他把王老师送的词典放在枕边，摩挲着老师写在词典扉页上的一段列宁的话："只有用人类创造的全部知识财富来丰富自己的头脑，才能成为共产主义者。"王老师用飘逸的字体还写道："赠给杜志勇，希望你在未来的岁月里,坚持做正确的事,一定会有收获。王辅成　1964 年 4 月 15 日。"

从那以后,杜志勇彻底变了样,学海无涯,以苦为舟。王辅成像一位经验丰富的庄稼把式蹲在田里观察自己亲手培育的秧苗一样,看着杜志勇每一天的变化。在他的推荐下,杜志勇成为校学生会的一员,还成了全校的学习雷锋标兵。杜志勇和全班同学商定,每人每天都要做一件好事,还要像雷锋叔叔那样写日记。杜志勇的日记本简直就是一张好人好事榜,哪天帮一位老奶奶过马路,哪天扶起了倒在路边的自行车,哪天协助老农把三轮车推上斜坡……他觉得,这些好人好事的记录看似一篇篇平淡无奇的流水账,实则是一张自己人格修养不断完善的升华图。他和同学们决心要让十三班成为全校的雷锋班,他甚至还提笔给学校写了一份申请书,希望有关部门批准将人民中学改成雷锋中学。虽然这个愿望最终没能实现,但直到五十多年后的今天,杜志勇依然用骄傲的语气说道:"我们班真的像雷锋班那样优秀。"

一次班会上,王辅成对同学们说:"你们不仅要好好学习,还要走工农相结合的道路。从这个星期六开始,咱们每个周六都要参加义务劳动,到和平区杏花村的几个卫生点帮助环卫工人们淘粪。王老师和你们一起去。我们要学习工人师傅不怕脏不怕累的精神,全心全意为人民服务。"

同学们面面相觑:"啊?让我们淘粪?多脏啊!"一开始,有的家长很是抵触:"淘粪?这哪是孩子该干的事啊?他们的任务是坐在教室里好好学习啊!"后来一打听,才知道是王老师带着学生一起去,才悄悄收回了意见。几年来,家长们最信服的老师就是王辅成,觉得孩子只要跟着王老师,各方面就都不会跑偏。

那个星期六的下午放学后,一队学生鱼贯走出人民中学的校园,那是王辅成和他的学生们，行进目标是交错在杏花村里的几条胡同。这里人口密集，十几个公共厕所和多个化粪井分布在这个区域里，再加上家家户户存放的粪桶，都需要由环卫工人一一将粪便淘出来倒进粪车拉走。

王辅成安排的第一站是粪坑将满的公厕。淘粪是个技术活儿，更是个体力活儿。孩子们年小力弱，淘粪勺端得颤颤巍巍，身材高大的王辅成就把淘粪勺握在手里给学生们做示范。虽是第一次淘粪，但经过工人师傅的指点，他的一招一式并不显得十分生疏。王辅成从一个粪坑转到下一个粪坑，淘出粪便倒进粪车。他一边干着一边还要照应着学生们的安全。喜欢说笑的苏亚民干起活儿来有板有眼，脏臭的环境并没有影响他的心情，在淘粪勺的起落间，他还不忘说着笑话，逗得爱干净的同学捂着口鼻偷偷地乐。干到最后，他还不乏深刻地感慨了一番："要我说啊，这溅在咱们身上的污迹，虽说是脏东西，但也是一枚奖章。咱们班晚上出来劳动，推的粪车干脆起个名字叫'夜来香'得了。"

当时负责指导王辅成班级淘粪的是四十多岁的环卫工人王道合，他早已习惯了这个天天作业的场所的味道。王辅成亲眼看着他蹲下身去，为了干活儿方便，连副手套都不戴，徒手就去掏粪坑里的石块，掏了几下过后，粪坑疏通了，就可以正常使用了。

王道合劳动的身影成为王辅成的标杆，被他一生敬仰。从那次学工劳动开始，王辅成和这位淳朴的淘粪工人成了好朋友，经常走动。直到几十年后，王道合临终前，已经身为天津市环卫局副局长的王辅成还专程赶到医院探望，两双大手紧紧地握在一起。王辅成觉得，因为劳动，王道合的手是那么的有力、温暖和干净。

那时候各行各业都在学习"宁愿一人脏，换来万人洁"的时传祥精神，为了更直观地展现与工农相结合，很多单位都一窝蜂地组织员工上街淘粪、扫马路，但大多只有三分钟热度，折腾几次之后便销声匿迹了。只有王辅成坚持了下来，不管寒来暑往，学生换了一茬又一茬，在指定的和平区的卫生点位上，他带着学生义务淘粪达十年之久。

一次次的淘粪劳动让杜志勇终身难忘，那是他不怕脏不怕累的起点。1966年，杜志勇初中毕业后在家等待分配工作，这样无所事事的日子一过就是两年。

1968年，杜志勇报名参军，在北京南苑加入新兵营。新兵营里的杜志勇，无论训练还是劳动，都一马当先，扑在地上匍匐前进，跳进猪圈清理污物，他从来没有犹豫过，那股子不怕苦、肯付出的劲头，在战友中特别抢眼。参军半年后，他入了党，一年之后，他提了干，并且因为俄语不错，成为军中的俄语教员。每当他熟练地缠绕舌头说着俄语时，战友们都羡慕地望着他。杜志勇心里很是得意，也格外感激王辅成老师。由于训练出色，杜志勇成为部队里的学雷锋标兵，各种荣誉接踵而来。他在部队的大熔炉里潜心苦读，终于考上了山东大学中文系，将一枚梦寐以求的大学校徽别在了胸前。毕业后，他重回部队的宣传战线，为播撒军营的刚毅与激情奋斗了二十一年，后来调到国务院外办下属的一个部门工作，直到退休。就这样，他将王辅成对自己的教诲牢记了五十多年，视之为一生前行的路标。而那本《俄华词典》，他一直保存到今天。

2012年5月，春暖花开的季节，拗不过学生李卫津的邀请，王辅成参加了人民中学1968届毕业生组织的同学聚会。刚接到邀请时，王辅成婉拒了学生们的盛情。多少年来，他沉醉于读书、背诵、宣讲的世界里，极少出去应酬。但学生们发自内心的真情最终打动了他。大家说："王老师，我们虽是您的学生，但也都是奔七十岁的人了，您曾经是我们的老师，也永远是我们的老师。您来参加聚会，再让我们重温一下四十多年前的课堂氛围吧，这是我们大家的共同心愿。"

"王老师好！"

"王老师，您好！"

"王老师，您还认识我吗？"

走进聚会大厅的那一刻，王辅成的眼前有些恍惚，站在他面前的，都是六十多岁的老人，满是皱纹的面庞，花白的头发，发福的体形，可在记忆中，他们明明还是人民中学一脸天真的初中生啊。

王辅成的眼圈一下子红了，讲起话来总是滔滔不绝的他，在这一刻竟无语凝噎。他的内心在翻腾，他的记忆在回放，他也不知道是该感叹岁月的流逝，还是该感谢情谊的重拾。看到老师这么动情，年过花甲的学生们也纷纷擦着眼角。此时此刻的叙旧是那么的美好，但也多少有些伤怀。

不过，这种伤怀的气氛很快就被一种高昂的情绪所驱散。落座后，学生李卫津率先站起身来说："我还记得王老师给我们讲过的鲁迅的那段话，我说给大家听听，看我记得准确与否？'优胜者固然可敬，但那虽然落后而仍非跑至终点不止的竞技者，和见了这样竞技者而肃然不笑的看客，乃正是中国将来的脊梁。'"

这段话瞬间又将李卫津和他的同学们拉回到四十多年前人民中学的那间教室。原来，只要真情永驻，岁月就可以在回忆中回头。

1968年冬，李卫津在读初二上学期。

那天清晨，大雪下了一夜，大地银装素裹。同学们踩着深至脚踝的积雪来上课。李卫津虽然坐在教室里，心思却早就跑到了操场上，恨不得趁着课间操时间好好打一场雪仗。

好不容易挨到第二节课下课，喇叭里却传来教务主任的声音，因为大雪，为了学生们的安全，课间操取消。

李卫津稍一愣怔，就被几个同学拉着跑出了教室，飞奔着下了四楼。一片素白的操场上，奔跑着十几个男生，他们撒欢似的在雪地上

王辅成（前排左五）和他的第一届学生在聚会时合影留念

打滚、滚雪球、打雪仗,忘了书本,也忘了时间。清脆的预备铃声根本没人听见,响在他们耳畔的,只有彼此的欢呼声和粗重的呼吸声。

直到上课铃响起,李卫津才赶紧招呼同学们冲向楼梯。

可他们还是迟到了。教室门口,工宣队队长严肃地站在那里:"上课了,你们干什么去了?"

"打……打雪仗去了。"几个孩子低着头嗫嚅着说。

"我看你们没打够,接着打去!"

李卫津和站成一排的十几个同学仍然低着头,没一个人敢接这个话茬。

走廊里的喧哗惊动了正在办公室备课的王辅成。他走过来问:"怎么回事?"

"打雪仗,迟到了。"几位同学抬起头对王辅成说。

王辅成面带惭愧地向工宣队队长承认错误:"都是我不对,对学生纪律管理不严格。终归还是学习要紧,能不能让同学们先进去上课,过后我再写检讨给您。"

工宣队队长看了看王辅成,又看了看学生,一挥手,让他们进了教室。

这节课,李卫津上得那叫一个忐忑,总是走神,生怕下课后王老师找他们算账。

意外的是,王老师再也没有提起过这件事情。李卫津和那几个打雪仗的同学说,这是我们第一次犯这样的错误,也一定是最后一次。不然,咱们对不起王老师。

1969 年秋天,人民中学组织学生参加学农劳动,去葛沽镇帮助生产队秋收。王辅成永远是干在第一排的领头人。站在稻田里,他高大的身躯十分显眼,而他弯腰割稻子的动作更是潇洒,又稳又准又快。他带领的排总是效率最高的团队。每天晚上的劳动总结会,王老师都站在同学们中间，一起借助全校的表扬赶走这一天的疲劳。

王辅成的身教极大地增加了他言传的分量。他和学生们讲得最多的一段话是："同学们，你们要热爱祖国，热爱中国共产党，要勤奋学习。谁都想争第一，但并非谁都能当第一，不过，只要好好工作，努力工作，也一定是祖国、是党的好儿女。"

就是这段话，经过王辅成个人威信和魅力的加温后，影响了李卫津的一生，他一记就是五十年。

1970 年 5 月，十七岁的李卫津初中毕业，被分配到大港油田。踏上油田的第一天，他就傻眼了——距离中心城区不过百十里地，怎么还会有这样荒凉的地方？一片盐碱地，寸草不生，荒无人烟，走出几里地才能零星看见几名石油工人，裹着已经辨认不出颜色的棉大衣，在那里忙碌着。李卫津的岗位在车队，专职驾驶泥浆泵车。

此前李卫津从来没有吃过这样的苦，甚至都想象不出世界上还有这样的苦——供短暂工休的地方只是一间四处漏风的活动板房。饭是两个馒头和一块酱豆腐，用报纸一裹，找个背风的地方匆匆吃掉。让师傅们刮目相看的是，即使面对如此艰苦恶劣的条件，身材瘦弱的李卫津也没有动过一次调出油田的念头。他说："王老师告诉我们，在自己的岗位上坚持做好就是最好。"

1980 年，大港油田大会战。一口接一口的油井被发现和开采，打井不分昼夜，人员倒班歇息，设备一刻不停。一天中午，刚施工完毕，李卫津发现泥浆泵车出了故障，可是下午还得继续施工作业。为了不耽误下午的开采，他让搭档先去吃饭，自己留下来想把泵修好。这时，意外突然发生了，因为缺了帮手，操作中他的右手小手指被机器挤断。一瞬间，李卫津疼得深深地弯下了腰，左手本能地紧紧攥着右手，身体一边晃着一边原地打着转。当时，他的手指已经痛到麻木，根本来不及考虑会不会落下残疾，心里只是为下午可能的窝工而感到内疚。领导和同事们一刻不敢耽误，把他送到职工医院，清创、缝合、包扎、固定。待一切安稳下来，他才彻底领教了十指连心的滋味，小手指仿佛是心脏的律动表，脉搏每跳动一次，他的小手指处就犹如提线木偶，一下一下，剧痛从血管传到骨骼再传到皮肉，从里到外疼得他直咧嘴。带着这么重的伤，李卫津也只是在家里歇了一个星期。很快，他手指裹着纱布，戴着小夹板，又回到了那辆泥浆泵车上。

1984年，李卫津调到大港油田井下试采试油公司供应站，负责重型汽车配件的计划、采购和配拨。由于采购量大，一拨接一拨的供应商找到他，明示或者暗示，只要采购他们的产品，就会有可观的好处。李卫津一家的日子并不宽裕，妻子同为油田工人，孩子还在上学，正是用钱的时候。可每一次他都是坚决地摇头，他知道那是诱人的实惠，他更知道那是不能触碰的红线。每当这个时候，他就会想起王辅成老师的话，坦诚做人才能坦诚生活，才能安心入睡。

1987年的一天，公司车队送来一张计划单，注明急用四十只国外进口配件。计划单就是命令，配件早到一分钟，原油就能多出六十秒。李卫津立刻办好各种审批手续，供货方也急事急办，下午就将配件送到库房，车队随时可来领取。可那天的李卫津总有些心神不宁，以往见单进货的他从来都是零差错，一方面他早已对这些大大小小的配件了然于心，另一方面，与供货方的合作也是异常默契。此刻，责任心的小锤不由自主地重重敲击了几下，觉着不踏实的李卫津几步转进了库房。结果，当他拆去配件包装，按照批号逐一验收时，才发现这批配件不是进口产品，而是合资生产的产品，虽然型号相同，但是质量还是略有差别。李卫津赶紧抄起电话打给供货方，对方软磨硬泡地说："老李啊，你怎么这么较真啊！反正东西都差不多，这个还便宜不少。再说了，你进了这批货，我们也不会亏待你的。""不行。"李卫津的语气坚决得没有丝毫回旋的余地，"这批货我一件也不会签收的，我只要正品。"无奈的供货方只好在第二天上午送来了正品配件。这一次，李卫津的坚持原则得到了公司的高度评价。只有他知道，在他的心里一直树立着一个榜样，这个榜样就是王辅成老师，因为王老师说过，按照原则办事，按照规矩做人，就是一个顶天立地的人。

四十七年的时光和热血，都被李卫津奉献给了大港那片盐碱地下的宝藏。做司机，他尽职尽责；做物资采购员，他一丝不苟；在供应科，他问心无愧。他的良知经受住了时间的检验，也经受住了利益的考验，曾经在多个单位屡试不爽的回扣招数，到了他这里彻底失灵。

退休后的李卫津仍然住在以前的那套老旧房子里，每天骑着自行车接送孙子上下学，日子恬淡平和，充满天伦之乐，一家人坦然而自豪地享受着这种踏实而幸福的生活。在王老师面前，他还是当年的那个初中生，还是那样的清瘦，半个世纪的烟云已过，他完全有资格对王老师说：我记住了您的话，感谢您指导了我的人生之路，让我走得不偏不倚，走得堂堂正正。

马拉松谈话

人民中学是王辅成教师生涯的一个补给站，他在这里为自己的梦想加油，为自己的情怀喝彩。那时的他，虽然热血沸腾，激情四射，但在教学方法上还很青涩，面对一群十三四岁的学生，他还远远没能做到游刃有余。缺乏带班经验的王辅成，总想着偶尔用严厉的态度树立自己的权威，他有时一边和学生着急，一边被学生顶撞。但平静下来之后，他对照着书本上传授的教育法则，再联系实际，像围棋赛后的复盘，一招一式地把与学生的沟通过程复原了一遍，从中摸索失败的教训，寻找突破的缝隙，期待着在课堂上驾驭自如的那一天早日到来。

王辅成的妻子也是中学语文老师，夫妻俩的共同愿望就是希望成为"中国的马卡连柯"，为中国的教育事业做出一点贡献。马卡连柯是苏联杰出的教育家、作家。王辅成更是希望将来有一天，把自己的教学得失原原本本地记录下来，在中国教育史上留下自己的一点印迹。小两口在马卡连柯"学校应该培养有政治觉悟、有高度责任感和荣誉感、遵守纪律、朝气蓬勃的社会主义社会成员"的理念感召下，互帮互学，互促互进。妻子支持丈夫，把全部负担揽了下来，不仅站好了自己的讲台，还把年幼的孩子和繁杂的家务安排得井井有条。每当想抱怨几句时，妻子一想到丈夫的理想，心中的委屈就变成了新一轮的支持。

无论什么样的班级，先进的还是落后的，王辅成都带得特别投入。他欣赏人民教育家陶行知的教育理念：你的教鞭下有瓦特，你的冷眼里有牛顿，你的讥笑中有爱迪生。爱，成了王辅成与学生沟通的润滑剂。他从爱的起跑线出发，一路从严督促，又有爱的相伴，与学生在亦师亦友中完成了一次次的青春冲刺。

班主任是王辅成的工作身份，兄长则是他的情感标签。站在学生堆里，除了显眼的身高，他就是他们中值得知心交心的一员。他们一起背诵课文，一起学工学农。在这个没有歧视和懈怠，只有信任和关怀的班集体里，学生们的心灵是自由的，像春天的风一样，轻柔拂面，温暖可人。

王辅成是出了名的运动达人，和学生们一起踢球时，他当守门员。课间的操场上，总有他在吊环、双杠、单杠上腾挪翻飞的身影，那利落娴熟的动作，看得同学们艳羡不已。他喜欢游泳，那自由欢畅的身姿引得学生们跃跃欲试。他还带着学生们坚持长跑，在铿锵有力的步伐中，学生们的身体一天天地结实起来。

2001 年，王辅成在天津师范大学退休职工运动会上

王辅成的文艺天赋也是可圈可点。他的歌唱得节拍准确,声色动人。课间休息时,他教同学们唱《抗日军政大学校歌》——

> 黄河之滨,
> 集合着一群中华民族优秀的子孙。
> 人类解放,救国的责任,
> 全靠我们自己来担承。
> 同学们,努力学习!
> 团结紧张,严肃活泼,
> 我们的作风。
> 同学们,
> 积极工作,艰苦奋斗,
> 英勇牺牲,我们的传统。
> 像黄河之水,汹涌澎湃,
> 把日寇驱逐于国土之东。
> 向着新社会前进! 前进!
> 我们是劳动者的先锋!

激昂的旋律,奋进的歌词,一次次澎湃着学生们的心潮,在他们幼小的心田里种下了爱国、爱人、好好学习的种子。

王辅成是拼命三郎,他把全部精力都留给了无比热爱的校园。他不仅给自己定下了每天早七点至晚七点的十二小时工作制,还与学生们共同承诺"今日事,今日毕"。

一次,班里的一个同学没有按时完成作业,被任课老师批评后,竟然暗自报复,偷偷拔掉了这位老师的自行车气门芯。任课老师生气地向王辅成告状:"看看你班里的学生都成了什么样子,你还不好好管管！"

得知事情的原委后，放学铃声刚刚响过，王辅成就把这个同学留了下来，让他向任课老师道歉。这个同学拧劲十足，脖子一梗，说："我才不道歉呢。"

王辅成说："你道歉，咱们既往不咎，王老师也不再批评你了。"

"我不。"说完这两个字，他低头不语，用右手拽着左臂破损的衣袖来回拧着。

看着眼前这个学生破旧的穿着，王辅成想起曾去他家家访的情景：他的父亲是工人，母亲是家庭妇女，家中好几个孩子正是长身体的时候，孩子们都要吃饭、上学，父母根本无暇顾及孩子们的心理成长。他的母亲曾对王辅成说过，这个孩子脾气特别拧，与别的孩子也不合群，只有大哥的话他还能勉强听得进去。

教学楼的走廊渐渐安静了下来，一个班接一个班的学生陆续走出了校门，各个学科组的老师们也都在准备下班。那位同学依然不服气地站在办公室的墙角里，一直沉默不语。王辅成给他搬了把椅子，他看了一眼，并不理会，仍然那样站着。

那好吧，你不是拧吗，那我比你还拧。我们以沉默对沉默，看谁最后战胜谁。看着窗外暗淡下来的天空，王辅成决定和这个学生展开一番心理上的较量。他去食堂买了两个馒头，递给学生一个，自己留了一个。他说，先吃馒头，吃完了，有什么话再对老师说也不迟。

咬一口馒头，就一口热水，很快，两个人吃完了这顿简单的晚餐。王辅成坐在办公桌前备课，那位同学也许终于感到了累，不知何时悄悄地坐到椅子上，先是百无聊赖地看着窗外墨染一般的天空，接着从书包里掏出课本，趴在旁边的桌子上写起当天的作业来。

笔尖画在纸面上的轻微响声反衬出办公室里的异常安静。直到这个学生写完作业，王辅成仍然一语不发，甚至好像目光都没扫到他。长时间的冷场让这个学生心虚起来，他求援似的望着王辅成。实际上王辅成早已用余光察觉出学生的情绪变化，但他佯装不知，继续备课。

终于，那个同学说话了，语气明显软了下来："王老师，我错了，我想回家。"

王辅成这才慢慢抬起头，他看见孩子的眼神变得柔和了，恢复了这个年龄男孩应有的清纯。他说："好，我也想回家了。这么晚了，我送你回去。"此刻的时钟已经指向九点。

夜色中，王辅成推着自行车，那个学生走在他旁边。一路走着，王辅成给他背诵和讲解这学期应该重点掌握的几篇课文。学生满眼钦佩地望着王老师，倾听之余还不忘提几个感兴趣的问题，他的心境也仿佛随着前行的脚步一点点变得开朗起来。快到家门口时，这个同学说："王老师，我真的错了。我这样做，是因为那位老师曾经在路上遇到我和我哥，她向我哥告状，说我在学校里表现不好，结果我被我哥打了一顿。是因为这个事我才恨她，不肯认错。但现在我知道了，她是为我好，是我耍浑了。"

"好孩子，知错就改说明你在进步，王老师相信你会变得更好。以后有什么想法随时和我说。好了，时间不早了，快回家吧。"

后来，这位同学成了王辅成的小帮手，有其他同学调皮捣蛋，他都会从中调和。再后来，这位同学成了学生干部，一直表现优异。

不过，因为那天晚上的"冷战教育法"，王辅成还是接到了一封举报信，信是那位学生的哥哥写的。这封寄到学校教务处的信中提了一个问题，问题后面还打了几个大大的问号："你们人民中学对学生除了会马拉松似的谈话外，还有别的教育方法吗？"看着这封信，教务处主任对王辅成说："这是一个负责任的哥哥，我们应该好好想一想，除了马拉松谈话，作为老师，我们还能做些什么，怎么做才能更好？"

是啊，如果不用马拉松谈话的办法，老师应该怎么做才能更好呢？这个问号在王辅成的心中深深地刻了五十年。在随后的教学中，他不断纠正自己的观念和方法，时常用这个问题提醒自己，要把为人师表落到每一位学生身上，每一个细节上，用自己的表率和言行为学生校正前行的路线，给他们的一生留下深远的正面影响。

浓缩精华的顺口溜

这时的人民中学语文老师王辅成，即使在他没教过的学生中也是大名鼎鼎。这源于他的视生如友，也源于他的博学多闻。他与学生交流时既能引经据典，又会用通俗的语言娓娓道来，深得学生们的喜爱。

熟悉王辅成的朋友都了解他的特长：善记忆、喜朗读、爱背诵。这些都得益于他笨鸟先飞般的后天勤奋。有一次，他在报纸上读到了一篇纪念爱因斯坦的文章，其中提到了爱因斯坦记忆电话号码的窍门，这个细节一下子点醒了他。他把很多需要掌握又比较零散的知识编成顺口溜，一边编一边记。

王辅成给自己定了一个学习表，将计划背诵的文章分配到每一天，每个月按照三十天计算，每天都有需要背诵的文章。让很多同学怵头的古文，在他的编排下，竟然生出了一种意外的情趣。

当年在师范专科学校学习外国文学时采用的记忆方法获得的显著效果，让王辅成找到了打开记忆之门的钥匙。他要求学生们在勤奋中苦记的同时，也要在概括中巧记。于是他给中华必读经典也编了一个顺口溜：魏一、王二、韩五、柳六、杜七、欧八、范九、王十二、苏十五、苏十七、李十八、刘十九、左二十、二十一到二十五陈列病桃核、二十六到三十六谋三老积。这些对应的都是中学各年级语文教材中的经典名篇。

其中的"魏"指魏徵的《谏太宗十思疏》，"王"指王勃的《滕王阁序》，"韩"指韩愈的《原毁》《师说》《进学解》，"柳"指柳宗元的《捕蛇者说》，"杜"指杜牧的《阿房宫赋》，"欧"指欧阳修的《醉翁亭记》，"范"指范仲淹的《岳阳楼记》，"王"指王安石的《读孟尝君传》《答司马谏议书》《游褒禅山记》，第一个"苏"指苏轼的《赤壁赋》《后赤壁赋》《石钟山记》，第二个"苏"指苏辙的《武昌九曲亭记》《黄州快哉亭记》，"李"指李白的《春夜宴诸从弟桃李园序》，"刘"指刘禹锡的《陋室铭》，"左"指《左传》的《曹刿论战》，"陈"指陈寿的《隆中对》，"列"指列子的《愚公移山》，"病"指龚自珍的《病梅馆记》，"桃"指陶渊明的《桃花源记》，"核"指魏学洢的《核舟记》，"六"指苏洵的《六国论》，"谋"指孙子的《谋攻》，"三"指郦道元的《水经注·三峡》，"老"指《老子四章》，"积"指贾谊的《论积贮疏》。

三十天一个周期，这个月刚刚背完，下个月再重复一遍，接下来的每个月的每一天都会重复相应的一篇文章。这样循环往复的成果，就是一年中每篇文章都会被重复背诵十二遍，十年就是一百二十遍。这样的重复记忆，让经典犹如一滴滴露珠，一天天地融进他的血脉；又犹如营养分子，渗入他的骨髓。直到年近耄耋的今天，他最享受的时光，仍是每天清晨醒来，在城市的静谧中，一个人起身踱步到沙发上，轻声地背诵那些从年轻时就烂熟于心的文章。而且他不仅要背诵文章本身，还要背诵文章中的典故和作者的生平。那些来自几百年前，甚至几千年前的经典，至今让他感动，给他启迪，令他思索。

学生们都喜欢王老师。有的学生和他较真，当他随口背诵出《答司马谏议书》时，学生手拿书本逐字核对，结果无一错漏。看着学生们惊讶的表情，王辅成笑着说："这文章中的标点符号我都能和你对一对，而且字里行间的典故我也可以讲给你们听。"这时的王辅成，

王辅成在家中学习

虽然是老师，却开心得像个孩子。

王辅成沉醉在教学工作中，在文字勾勒的美妙世界里，他不觉得累，相反，有一股幸福之流荡漾漾心中。每次站在讲堂上，他都激情四射，讲解时旁征博引，目光像扫描仪一样扫过每一名学生，一次对视就是一次交流。

王辅成还将二十四史也编成了顺口溜——

"司班范陈四始祖"，二十四史此为初。"晋、宋、南齐、梁、陈、魏，北齐、周、隋"九种书。"南北"两史、"旧新"唐书、"旧新"五代史，十九不糊涂。"宋、辽、金、元、明"，二十四史足。

王辅成之所以称"四始祖"，是因为合称"前四史"的司马迁的《史记》、班固的《汉书》、范晔的《后汉书》和陈寿的《三国志》在二十四史中排在最前面。

这些顺口溜的编写过程，是他熟读和记忆的过程，也是他总结和提炼的过程，更是他享受知识带来的乐趣的过程。在他看来，只要找到了那把神奇的钥匙，多么曲折的密道之门都会被顺利打开。所以，每当他看上去好像在静静地发呆的时候，其实也正是他的大脑最活跃、最超脱、最兴奋的时候，那些顺口溜正如一个个小精灵，在他的脑海里盘桓。

1972 年，儿子的出生给这个小家庭带来了格外的欢乐，同时也带来了不小的压力。王辅成两口子每个月的收入，除了用于赡养老人，这又添了一张小嘴，日子开始过得紧紧巴巴。那时，王辅成在夜校兼课，特别想买一套《红楼梦》，这是他古典四大名著藏书中唯一的缺项。他隔三差五地跑新华书店，从货架上取下这套心仪的经典，摩挲着封面，翻阅着书页……他多想买下这套书啊，可每当他想把书带到银台结账时，就想到家中拮据的生活，便又无奈地将书放了回去。几次想和妻子商量，又几次欲言又止，最后，他还是抵挡不住那套书的诱惑，对妻子说出了愿望。妻子想了想，激了他一句："你要是能把目录全部背下来，我就给你买。"没想到，几天以后，王辅成在"汇报演出"时，竟将一百二十回目录背得分毫不差。妻子说话算话，挤出了生活费，让王辅成买回了那套书。

党啊，我多想投入您的怀抱

从将母亲一针一线改好的厚棉猴重新送回箱底，踌躇满志地走上吴家窑中学讲台的第一天起，王辅成就立下志向：尽快用自己的表现赢得党组织的信任，成为一名光荣的共产党员。

1963年10月，王辅成郑重地向组织递交了入党申请书，他在申请书上工工整整地写道："我申请加入党组织，这是我的一个人生目标。我要像雷锋同志那样，忠于共产主义事业，毫不利己，帮助别人，在各种不同的工作岗位上干一行爱一行，把有限的生命投入到无限的为人民服务中去，在平凡的工作中为社会主义、共产主义的事业而奉献自己的力量。"

他的业务水平有口皆碑，工作第二年就在全市做了一堂公开观摩课，几十位中学语文老师坐在教室后面，听他讲解课文《金小蜂》。

他的严于律己众人皆知。他的作息时间像钟表一样精准，每天早七点到校，晚七点离校，没有例外，分毫不差。同事们打趣地说，有了辅成，上下班连手表都省了。

他的为人有目共睹，待人和善，无论哪个同事有困难，他都会热情相助。

即使已经做到了如此出类拔萃，他的入党一事却一直都是个难题。

有人说，他的家庭成分复杂，父亲是货站私人代理，哥哥是右派，姑父是官僚地主，姨夫是堡垒户。

有人说，他从早晨七点到晚上七点都和学生们在一起，没有和同事搞好关系，不能与群众打成一片，而且总是在捧着书看，过于清高。

有人说，他带的班，教室里的标语都和别的班不一样，是一种特殊化的行为。比如，别的班的标语写着"向雷锋同志学习"，他的班墙上贴的标语却是"像雷锋同志那样骄傲地活着"。

就这样，学校每年发展入党对象时，王辅成的名字都因为这些传播甚广的议论而被悄悄地从上报表格中划掉。

不过，王辅成并不在意那些五花八门的说辞，他依然初心不改地带着学生们学习、背诵、劳动。他沉浸在这种提升他人的快乐之中，也享受着内心充实带来的无比满足。他依然把入党作为自己的目标，他觉得有一个值得为之努力的梦想是一种莫大的幸福。

一天，他接到一封信，拆开一看，是学生杜志勇写来的，信中除了向他汇报工作学习情况外，还兴奋地告诉王老师——自己加入了中国共产党。看着纸上成熟的字迹，王辅成的眼睛一下子湿润了，他为学生的健康成长和良好发展而欣慰不已，当年鼓励他、鞭策他的情景一幕幕浮现在眼前。然而，一丝深深的遗憾悄悄地在他的心底蔓延开来，虽然只停留了片刻，但他依旧感受到了，而且那种感受特别清晰而强烈：自己的学生都加入了党组织，而老师还没被党组织认可。党啊，您知道我是多么期盼早日投入您的怀抱吗？

这一声发自心底的呼唤被一个人察觉到了，他就是人民中学党委的闫书记。当王辅成的名字一次次被从拟发展党员名单上划掉时，闫书记决定先和王辅成谈谈心。

"王老师，你的工作很出色，大家有目共睹。但在你入党的问题上,学校里总有各种非议。党员的标准很严格,我相信你每一天都按照这个标准在做。今天,我想对你提几点要求,如果你能做到,我就当你的入党介绍人。"

"好!闫书记,您提要求吧,我一定努力做到!"王辅成的语气很坚决。

"第一,通读马列著作、《毛泽东选集》。第二,走与工农相结合的道路,淘粪要坚持。第三,要做又红又专的老师,带出优秀的学生。第四,必须出色地完成党组织交给你的一切任务。"

这一连串任务虚实兼顾,一个比一个艰巨,既需要能力,更需要毅力,王辅成郑重地一一答应下来。他说:"闫书记,您放心,我是那种认定目标后绝不退缩的人。有了目标,一切都不是难题。"

一诺千金,这是王辅成的准则。从答应闫书记的那一天起,他用了整整两年的业余时间,将《马克思恩格斯选集》《列宁选集》《毛泽东选集》全部通读了一遍。也正是从那时起,党的真理的光芒照进了他的心房。

无论教学多么紧张,阅读都是王辅成每天的必修课,书中的那些真知灼见,他都会记在笔记本上,然后逐字背诵下来。二十多本笔记记录了他的学习心得。

王辅成的背诵不是机械地记忆,而是用理论联系和指导实践。他把自己的学习心得讲给学生们听,还会把重要的格言警句写在黑板上,让学生们背诵下来。他喜欢鲁迅的文章,一字不差地背诵着《毛泽东选集》中对鲁迅的评价:"鲁迅是中国文化革命的主将,他不但是伟大的文学家,而且是伟大的思想家和伟大的革命家。鲁迅的骨头是最硬的,他没有丝毫的奴颜和媚骨,这是殖民地半殖民地人民最可宝贵的性格。鲁迅是在文化战线上,代表全民族的大多数,向着敌人冲锋陷阵的最正确、最勇敢、最坚决、最忠实、最热忱的空前的民族英雄。鲁迅的方向，就是中华民族新文化的方向。"毛泽东评价鲁迅的"五个最"，成为王辅成心中的一个标杆。

淘粪依然雷打不动地在每周六进行。王辅成偶尔还会在周日加上一次，被点名参加的都是最近表现欠佳的学生。这样做的好处是既能在劳动中和学生谈谈心，又能保护他们的自尊。

有一年，学校将一个年级所谓的"差生"单独组成了一个班级，让王辅成任班主任。王辅成不喜欢"差班"的叫法，相反，他倒很喜欢这些常常搞恶作剧的调皮男生，认为他们聪明，具备潜质，只要引导有方，所谓的"差生"与好孩子仅一步之遥。在王辅成的精心栽培下，这个后进班一跃成为德智体全面发展的先进班，这使王辅成在天津市和平区教育系统名气大增，他与众不同的教学方法也开始被越来越多的同行密切关注。

闫书记布置的任务，王辅成花了几年的时间一个个都完成了，他觉得那是他向党组织交的答卷，必须不折不扣，精益求精。没有人监督他，但他每天都督促着自己。他从没把这些被许多人视为是枯燥乏味的学习当成负担，反而将其看作是一种难得的人生历练。王辅成认为，他所期盼的党组织的门槛就应该是这个高度，他早已把达到这个高度当作了工作的一部分，生活的一部分，甚至生命的一部分。

1967 年，王辅成曾以"三反分子"的身份受到学校的批判，转年，还没等他"认清问题"，又被选为学校的先进分子。被批判时，王辅成平静地接受着，没有低迷和失落；被选为先进时，他内心坦然，没有一丝得意之色。中国传统文化的积淀和滋养，让他能够清晰地观察这个世界，冷静地看待身边的一切事物。他接受着一切，却也在内心坚信自己所走的道路是正确的。

1973 年，经过多次调查研究，天津市和平区教育局党委在审批全区入党人选时明确表态，如果王辅成的入党问题解决不了，人民中学的其他人都要往后排一排。

这一年的 7 月 1 日,既是中国共产党的生日,也是王辅成的政治生日。这一天,他站在党旗下庄严宣誓。从写入党申请书到被批准成为中共预备党员,他用了整整十年时间,才跨入了这个伟大光荣正确的政党的大门。回首这十年,他苦读时的孤独,淘粪时的坚守,遭人排挤时的隐忍,一幕幕浮现在脑海里。王辅成默默地对自己说,这是我的经历,也是我的财富!曲曲折折的这十年,王辅成无怨无悔,他把它看作是党组织对自己的考验,既然认定了永远跟党走,那么时间长短便无须计较。

闫书记没有食言,按照与王辅成的约定,他和体育老师高玉春、政工干部孙士秀一起做了这位优秀教师的入党介绍人。

入党之后的人生之路,王辅成走得更加稳重而坚定。

1977 年,天津市第二届教师代表大会,王辅成是人民中学两名教师代表之一。

1980 年,王辅成被任命为人民中学教务处副主任。

1981 年,王辅成被任命为人民中学副校长。

1981 年 11 月 9 日,《天津日报》头版刊发通讯,题为《校长王辅成九年坚持淘粪劳动》。

1981 年 12 月 16 日,天津市教育局下发第一百三十七号文件,内容是《关于向优秀教师王辅成同志学习的通知》。通知中说:"我市和平区人民中学副校长(原语文教师)、共产党员王辅成同志,就是忠诚党的教育事业、走又红又专道路的模范,是中小学广大干部和教师学习的榜样。"通知中要求全市中小学教师"学习他坚信党,坚信社会主义,坚信马列主义、毛泽东思想的坚定立场;学习他坚持九年以适当时间,进行劳动锻炼,自觉走与工农相结合道路,努力改造世界观的革命精神;学习他忠诚党的教育事业,热爱本职工作,全面

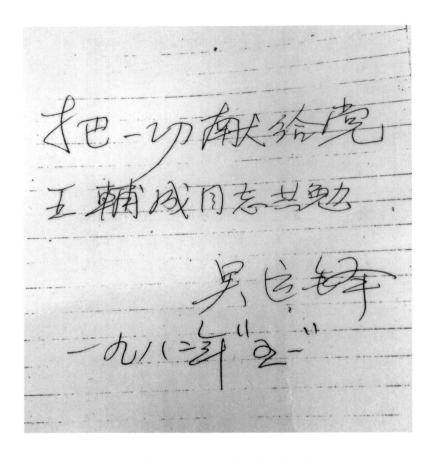

吴运铎在 1982 年写给王辅成的寄语

贯彻党的教育方针，认真钻研教育理论，对学生全面负责的正确思想；学习他对工作兢兢业业，踏踏实实，不计较报酬，全心全意为人民服务的优秀品质；学习他严格要求自己……发挥模范作用，抵制不正之风的良好作风。"

1982年五一劳动节，王辅成作为天津市劳动模范，到北京参加全国劳动模范和先进人物座谈会。在这次会议上，他受到了邓小平等中央领导人的接见，他还见到了影响了他一生的人——全国劳动模范吴运铎。

那天，与会代表正在人民大会堂准备合影，王辅成在人群中看见了一位其貌不扬的老者，个子不高，腿有残疾。旁人说，那是吴运铎。吴运铎？中国的保尔！王辅成的心狂跳起来，这是他一直崇拜的英雄啊！徘徊了好一会儿，王辅成终于鼓足勇气，走到吴运铎的面前，恭敬地说："吴老，我很喜欢您的书《把一切献给党》。您能给我签个名吗？"王辅成翻开自己手上的横条格笔记本，递上自己的钢笔。吴运铎微笑着和蔼地说："好啊，我给你签名。"他接过王辅成手里的本子和笔，又问："我写些什么呢？"王辅成说："就写您的书名吧，把一切献给党。""好！"

吴运铎欣然写下了几个字："把一切献给党——王辅成同志共勉 吴运铎 一九八二年'五一'"。

把一切献给党。多么令人振奋和昂扬的承诺啊，这简短而绝不简单的六个字，从此成为王辅成的人生准则与追求。

扛着粪勺的副局长

带着吴运铎的祝愿，王辅成回到学校，他将在北京参加的大会盛况原原本本地向校领导做了汇报。汇报内容还有他去北京前参加天津市组织的一次劳动模范座谈会的情况。那次座谈会上，一位市领导问王辅成："辅成同志，凭着你这种不怕脏不怕累、带领学生们淘粪的精神，调你去环卫局工作，你干不干？"王辅成愣怔了片刻，微微一笑，虽然没有回答，心底却坚决否定了这个提议，我怎么可能离开教师这个我无比热爱的岗位呢？十九年的青春，都挥洒在这个播种梦想的讲台上，看着一批批学生带着憧憬入学，再带着不舍毕业，开启又一段人生旅途，那种由衷的欣慰、成就感和幸福感是任何职业也比不了的呀！这是我的宝贵财富，从少年时期就梦寐以求的财富，我可舍不得放弃。一个学校老师怎么可能改行去环卫局做行政工作？

听完王辅成的汇报，校领导说："这可未必是玩笑啊。老王，你得做好调离的准备啊。"

很久以后，王辅成才得知座谈会上市领导的一句发问并非即兴而为，而是有着重要的时代背景。当时，全国正在建立干部离退休制度，天津有一大批超龄的局级干部面临离退休，因此空缺出来的职位亟待填补。市委市政府决定从全市的劳动模范和先进人物中遴选部分人员，安排到这些局级领导岗位上去，而王辅成恰好被列入了这个优秀干部队伍名单。还有一个很重要的原因，比起其他委办局来，环卫局从来不是一个热门选择，市里正在寻找一个不怕脏累的典型人物。坚持十年的淘粪经历，《天津日报》刊发过事迹，兼具优秀党员、先进人物的荣誉，资历以及影响力完全符合要求，各方面条件表明，王辅成是调任环卫局的不二人选。

1982 年 9 月，在人民中学工作了十九年的王辅成被一纸调令调到市环卫局任副局长，兼党组副书记，主管人事、干部工作。

离开学校那天，王辅成独自一人在校园里徘徊了许久。当年他和老师们种下的小树苗，如今已经枝繁叶茂；他和学生们一起踢球的操场,似乎还在回响着孩子们的欢呼声;操场一边的双杠上,仿佛还留存着他上下翻飞的身影;教室里的黑板沉默着,但他写在上面的文字还依稀可辨,那是一句列夫·托尔斯泰的名言——重要的不是知识的数量,而是知识的质量。有些人懂得很多,却不知道最重要、最有价值的东西。

王辅成走得很慢,生怕惊扰了正在朗读课文的学生们,生怕错过了花墙透过来的光影,生怕碰倒了操场尽头钻出的小草,生怕一个个触景生情的片段倏然而过,再也抓不住……

直到这一刻,能够流利背诵那么多经典美文,给一届届学生掰开揉碎讲解成语典故的王辅成,仿佛才真正领悟了什么是牵肠挂肚,什么是依依不舍。教师这个神圣的岗位,他本来是决心坚守一生的,离开这里既不是他此前的初衷,也不是他现在所愿,但是,最终说服他的,是他心中永远至高无上的准则,就是一切行动听党指挥,党叫自己到哪里工作,自己就应该到哪里,即使将要面对的是完全陌生的领域,也要排除万难,争取胜利。

20世纪80年代初的天津,唐山大地震的破坏痕迹还随处可见,处于重建之中的市容市貌远远谈不上靓丽。环境卫生工作欠账多、任务重,马路清扫、粪便清除、垃圾清运、冬季融雪几个方面,哪一块也不轻松。

如今身为副局级干部,王辅成却与当年的王老师没什么两样,只要挤出点时间,他就从机关里走出来,到基层和环卫工人一起扛着扫帚清扫路面。遇到冬季大雪封门,他更是身先士卒,一铲一锹地破除坚冰,清理积雪,经常忙到深夜。

扎根在环卫工人之中,让王辅成觉得内心无比踏实。环卫系统的同事们没人知道他曾经的辉煌——曾被党和国家领导人接见,当选过劳动模范,事迹被《天津日报》大篇幅报道……这些傲人的过往都被他尘封进昨天的记忆。他觉得现在的自己就是天津市环卫局的一名普通员工，立足岗位、做好本职工作是他当前最重要的任务。

一天，在单位的院子里，王辅成被迎面走来的同事兴奋地拦住了："王副局长，我去第一工人文化宫看展览，看见您的大照片了。我以前真不知道，原来您是天津市劳动模范，组织上号召向您学习呢。"

王辅成不清楚同事看到的是哪个单位举办的展览，让他出乎意料的是，自己在人民中学时的事迹至今还在流传。他连忙摆摆手，淡淡地说："哦，那些都是过去的事啦，不值一提。"说完，他赶紧微笑着走开。

没过多久，1984年2月18日，《天津日报》转发了新华社记者采写的报道，对天津市环卫局在整党进程中边整边改、恢复干部参加劳动制度的做法给予充分肯定。事迹仍是王辅成和基层环卫工人一起淘粪，只是这一次他的身份从一名普通教师变成了一位局级领导干部。

1983年，王辅成去清华大学环保学习班进修固体废弃物的无害化处理课程。这一回，王辅成眼界大开，原来环卫领域不仅仅是扫路、淘粪那么简单，而是广阔天地可以大有作为。这项工作也深远地影响着一个城市的建设和发展，其间蕴含着大学问，就连最常见的垃圾处理，都包含着燃烧、填埋、分解等一系列程序。身处清华园的王辅成，就像高尔基说的那样，好像饥饿的人扑在面包上，海绵吸水般地学习着最前沿的环卫理念。几个月的学习下来，他记了厚厚的笔记，而且又拿出当年背诵古文的劲头，将环保知识的重点全都背了下来。收获满满的王辅成特别高兴，他对自己说：你这个门外汉终于迈进了环卫工作的大门。

在天津的西南部，毗邻水上公园的一片近百亩的开洼地上，坐落

1983年,王辅成(左一)参加由国家建设部和清华大学共同举办的
固体废弃物无害化处理培训班

着市建材局的家属院，几十户人家在简易平房里过着平淡的日子。不知从什么时候开始，这里成了垃圾倾倒场，每天都有大型垃圾车开来，将各种建筑和生活垃圾一倒了之。成年累月的倾倒，让开洼地变成了垃圾山，远看没什么异样，走近以后，一股接一股的恶臭，伴着嗡嗡飞舞的蚊虫，迎面扑来，熏得人涕泪横流。一到开春，本是草长莺飞的美好季节，居民们却紧紧地关着窗户，出来进去都用袖口或手帕堵住口鼻。

1986年，按照天津的城市建设规划，此处将建立堆山造景工程，市政府着手安置居民搬迁事宜，鼓励有能力的住家自行搬迁，由政府给予补贴。

这个喜人的消息令居民们奔走相告，终于等到了这一天，终于不再与蚊蝇、臭气为伴，终于能够搬进像样的新家了！

但改造需要时间。1987年6月，天津连日高温，垃圾山异味扑鼻，蚊蝇肆虐，居民意见非常大。一天下午五点多钟，近二百人到市环卫局门口，表示如果不尽快解决问题，就要到市政府去评理。王辅成临危受命，承担起了劝解居民的工作。

面对情绪激动、大声叫嚷的居民，王辅成只身走到他们中间。等身边的人说话语调降了一些，王辅成说："我特别理解大家的苦衷，家住在那里，生活条件实在太恶劣了。咱们市政府已经对那里做出改造规划，但规划的落实需要时间啊，请大家耐心等待。"

"怎么等？就这样臭烘烘地等？"

将心比心，这是王辅成从担任班主任时起就形成的处事原则，他特别理解在这样恶劣的环境里度日如年的煎熬。他说："这样吧，你们找几位代表，我今天听听你们的具体意见。请大家不要采取过激行为。"

那一晚，居民代表们和王辅成一直谈到深夜。

和居民商谈后，王辅成打出的第一张牌就是家访住户。他和同事们一起，带上消毒剂和苍蝇拍，挨家发放，不漏一户。他还有一个想法，就是借着这个机会走进居民家里，实地看一看文字材料上见不到的情景。

　　这一看，让王辅成震惊不已。尽管来之前他已经做了最不堪的想象，却没想到，眼前的实景比他想象中的还要破败与艰难。那之后的每个星期，王辅成都会抽出时间到这里转转，用眼用心记下居民的生活状况。他和几位居民代表保持着热线联系，因为沟通顺畅而深入，居民的诉求被真实而全面地逐级反馈给各级领导。居民李大爷拉着他的手，一个劲儿地抹眼泪："王同志啊，您能静下心到这里听我们诉苦，就是好同志。等我们住上新房了，搬家那天，我一定请您吃喜面！"

　　一年后，几十户居民全部搬进了市政府安置的楼房里。离开垃圾山的那天，他们乐个不停。只有长时间承受过那种难挨的脏乱之苦的人，才能体会此刻的复杂心情。王辅成虽然婉拒了李大爷的一再邀请，没去吃那碗象征意义明显的面条，但他内心的喜悦丝毫不亚于那些曾经住在这里的人家。

　　2001 年，堆山造景工程被列入天津市为民办实事的二十项重点工程，经过垃圾填埋和废物处理，原来臭气熏天的垃圾山，摇身一变成为今天如诗如画的南翠屏公园，成为人们休闲散步的场所。

　　如今，每当王辅成经过那里，都会不由自主地回想起当年的情景，内心里生发出一种掺杂着欣慰与自豪的特殊感受。

这杆秤，从未偏离过准星

　　从"爱一行干一行"到"干一行爱一行"，王辅成跨过了心头的一道道坎,他始终用超强的党性规范着自己的人生轨迹。

无论在哪个岗位,都必须做到专与精——这是王辅成为自己定下的铁律。他调任天津市环卫局的那段时间,正是全国环卫系统改革的高潮期。王辅成的调研点设在红桥区环卫局。当时,这个局勇吃螃蟹,在全市率先采用集装箱车辆收装垃圾——先用小车到居民小区收取垃圾,然后将垃圾集中到设在居民区附近的垃圾站,再由集装箱车辆把垃圾统一运到上一级的垃圾回收站,然后对垃圾进行集中处理。针对这一创新之举,王辅成不遗余力地在大小会议上介绍和推广经验,直至今天,天津市全市环卫系统采用的仍是这种垃圾清运方式。

1984 年,在蓬勃发展的环卫事业的催生下,天津市环卫局着手筹建环卫中专学校,定向为系统内培养专业人才。王辅成被局党委确定为为新学校筹备和遴选师资的负责人。

基建权和人事权,从来都是公认的两大实权,也是两大肥差。党委会上,王辅成毫不回避这个敏感话题,面对全体班子成员坚定地表态:"我一定公平、公正地选择教师人选,拒绝任何人说情、请客、送礼。"

建华是一名知青,插队时做过乡村女教师,在小学里教了几年书,返城后成为市环卫局幼儿园的专职教师。得知环卫中专招聘教师的消息后,她仿佛看到希望就在不远处的十字路口向她招手,她兴奋地对父母说:"我要去报名,圆自己的中专教师梦。"

父亲清楚女儿的心思,也支持女儿的选择。他和王辅成曾是人民中学的同事,深受王辅成敬重。一边是王辅成公正无私的为人,一边是宝贝女儿的前途,建华父亲思忖再三,还是找到王辅成的办公室,硬着头皮说明来意:"王老师,这回可要给你添麻烦了,要不是自己闺女的事,我也不会舍这么大脸。孩子做梦都想调到环卫中专当老师，你现在正好管这个事，看看能不能帮孩子一把？"

王辅成赶紧给老同事倒了一杯水，说："我是看着建华这孩子长起来的，知道她很能干，也很爱学习。但调动工作的事，我一个人说了可不算。最主要的还得看她的条件是否符合要求，如果符合，就没有问题。我理解您做父亲的想法，但我不能为您走后门，也请您理解我。"

为了女儿的前程，建华的父母又连着几次到王辅成家登门拜访。可怜天下父母心，即使建华的父亲和母亲落座后并没有表现出催促的意思，但王辅成深知，登门就是最直白的催促。

每次他们来，王辅成夫妇都像迎接贵客一般热情相待。两家人围坐一起，品茗叙旧，建华的工作调动只是一个小插曲，偶尔提几句，又很快被别的话题岔了过去。建华父亲心急似火，在回家的路上就和老伴商量赶紧调整策略，决定试试"夫人外交"这条路。

一天晚上，建华妈妈独自来到王辅成家，见王辅成没在家，她急忙从包里掏出一个礼盒，双手捧给王辅成的爱人。看到精致的礼盒，王辅成的爱人有些意外，没有伸手去接。建华妈妈轻轻打开礼盒，像是在打开一个希望，郑重地从里面取出一块亮晶晶的坤表，说："这是我们的一点心意，孩子的事还得请你们多费心。"

王辅成的爱人一向性格温和，但这会儿她立即变了脸色，语气略显强硬地说："这个坚决不能要，辅成和我的为人您又不是不知道，您要是非把表留下，咱们的情谊可就算是尽了。"

话说到这个份儿上，这块寄托着一家人无限期盼的坤表，又被默默地收回到盒子里，建华妈妈带着遗憾和些许抱怨走出了门。但让她惊喜万分的是，没过多久，建华竟然调动成功了，正式成为天津市环卫中专的一名教师。而调动过程中的所有环节，没有丝毫的人情照顾，履行的都是正常程序。

建华妈妈又敲开了王辅成的家门，这一回，她提来了二斤红色纯毛毛线。见王辅成的爱人还要拒绝，她语气坚决地说："这个您一定要留下，实在不成敬意。这就是我们的一片心意，您要是不留下，咱们的情谊可就算是尽了。"

　　几句话说乐了王辅成的爱人。冲着两家人几十年的交情，她收下了这二斤毛线。只是没过几天，她就买了几兜水果送到了建华家。

　　一天，在大同市一家研究所就职的陈小平接到了妈妈的来信。他打开信封，身为中学语文老师的妈妈写得一手好字，但是现在，每一个娟秀的文字在陈小平看来都是一声深情的呼唤："儿子，回来吧，想想办法回天津来，爸妈需要你！"

　　陈小平的父母都在中学教书，夫妻俩一文一理，同为学校中坚。小平是他们的独生子，中学毕业后到山西农村插队，后来被选调到大同市工作。小平妈妈的腿受过一次外伤，伤愈后走路一瘸一拐的。年事日高的二老迫切需要儿子回到身边。

　　小平也在日夜思念着天津，恨不得赶紧回到父母身边尽孝，但是偌大个天津，哪里是自己的安身之处呢？总不能连个工作都没有，四处漂泊吧？团圆，成了一家人的一个梦想，也是一块心病。

　　好在母亲寄来的这封信在勾起小平思乡之情的同时，也给了他一线希望。天津市环卫局研究所急需引进一批人才，目前正在面向社会公开招聘，小平的情况正好符合条件。还有一个"天大的好消息"：天津市环卫局分管人事工作的副局长是王辅成，他的爱人不仅曾与小平妈妈是同事，而且还是不错的朋友。有了这一层关系，陈小平忽然觉得调动之事也许并没有那么遥不可及。

　　陈小平按照正常程序报了名，然后在山西静候佳音。小平妈妈找到王辅成的家，见了王辅成的爱人，两个人阔别已久，特别亲热，曾经的经历和共同的回忆让她们有着说不完的话。

那时，王辅成的家在二楼，每次小平妈妈来，都是先在楼下喊一声，然后被王辅成的爱人搀扶着走上楼。

这一天，小平妈妈进了单元门，王辅成的爱人看出她表情不太自然，总是欲言又止，于是笑吟吟地说："咱姐儿俩用不着客气，您有什么事情就直说，只要我能帮上忙，一定不遗余力。"

"那我就直说吧。听说您家辅成在环卫局主管研究所招人的事，您帮我说说，让小平回天津，到研究所工作行不行？他在大同也是研究所，比较对口。这可是我们一家人盼了多少年的事。再说，我们两个人现在的身体状况，身边没个孩子还真不行。"

望着老同事饱含期待的眼神，王辅成的爱人一时不知如何作答。借着整理桌上书本的缓冲，她在心里谨慎地措了一下辞，歉疚地说："公家的事情公家解决，这件事我还真帮不上忙。辅成一向原则性很强，单位里的事，他回家后只字不提，更不会让家里人插手。您也别着急，让小平走正常调动程序，只要条件合格，我相信小平一定能调回你们身边。"

没有得到满意答复，小平妈妈离开时脸色很难看。

但令小平妈妈没有想到的是，不久，小平就接到了去天津市环卫局研究所报到的通知，调动报告上领导签字一栏里写的正是王辅成的名字。

欣喜若狂的一家人不知该如何表达感激之情。小平妈妈又一次来到王辅成的家，眼含热泪地从包里掏出一个厚厚的信封，把它塞到王辅成爱人手里："小平调回来了，小平调回来了！我们家团圆了，这都是您和辅成帮助的啊！"小平妈妈激动得有些语无伦次，她要把这个装满全家人心意的厚厚的信封送出去，因为这是全家人赋予她的使命。

王辅成的爱人一句话也没说，只是将信封强行塞回小平妈妈的书包，独自转身上楼。她实在不忍心用生硬的话语浇灭小平妈妈刚刚点燃的幸福火花，但这一转身，传递出来的信号更为坚决。

这件事，王辅成始终一无所知。直到接受本书作者采访时，王辅成的爱人才说出了这件陈年往事，而且她态度坚决地提出不在文章中出现她的姓名。作为一名老共产党员，在她眼里，王辅成是亲人，也是她敬重的人，王辅成在外奔忙，她在家中做他的宁静港湾。

虽然类似的事情叠加在一起，让王辅成得了一个"不近人情"的评价，但是这一声评价里，却蕴含着大家对他的由衷敬佩。

在天津市环卫局，人们说起王辅成，也多用"不近人情"来评价他。

天津市环卫局为职工分房时，王辅成又被委以重任，担起了繁杂且又劳神的分房担子。每天，王辅成的办公室里，前来要房子的职工络绎不绝。每个人都希望分到大房子、好房子，但房源就那么几十套，要房的多达二三百人。僧多粥少怎么办？王辅成按照规定，为申请人登记排序。熟悉王辅成家庭状况的同事劝他趁这个难得的机会给自己留一套好房子。这么多年来，他一直和妻子、孩子住在一套妻子娘家的小房子里。王辅成是副局级职位，完全符合分房条件。但他摇了摇头，说："环卫工人工作不容易，等大家都有了好房子住，我再住好房子。"

这一次，王辅成把有限的房源都留给了别人，留给了普通职工。

劝他的人很是不解，大家私下里聊起这件事来，忍不住说："这个人真是傻子、呆子。"

但就是这个"傻子""呆子"，以公平公正的分配结果赢得了全局职工的信赖。

在天津市环卫局，有人说，跟着副局长王辅成工作，只剩下辛苦，捞不到什么好处。

王辅成明白这些话背后的含义。他觉得与那些所谓的"实惠"相比，精神世界的丰富才是真正的富有。环卫工作虽然很平凡，但是平凡的工作不能干得平庸，一定要遵循内心的信念，锤炼战胜困难的超强勇气和能力。

即使含泪前行，也一定要走正确的道路；一旦认定了正确的道路，就要坚持走下去。

在天津市环卫局工作的十二年，王辅成过得很辛苦，有时得不到理解；但又过得很精彩，他严格要求着自己，净化着自己，升华着自己。他说，我们要保证城市的街道整洁如新，更要让自己的心灵一尘不染。

1994年，天津市委组织部门综合各方面情况后决定，将王辅成调到天津市教育学院任副局级巡视员。

第二章　一面旗的飘扬

王辅成享受着这种播撒种子的幸福，也在播撒中挖掘着自己的潜能，彰显着自己的价值。

重归校园，找到新的起点

1994 年 9 月 14 日，蓝天碧日，鸟语花香。清晨，王辅成走出家门，蹬着一辆自行车，轻快地出了小区。他此刻的心情也犹如那蓝天，干净清朗。

这是普通的一天，也是特殊的一天。对王辅成来说，这一天是一个新的开始，他要去天津教育学院报到。

王辅成是副局级巡视员，他的办公室紧邻着几位院领导。上班第一天，他就急着去找领导要工作。党委书记崔宪昆说："老王啊，你先别着急，先了解一下学校的基本情况，咱们再商量给你安排哪些具体工作。"

天津教育学院的职能是对全市中小学教师进行职业培训和继续教育。学校虽坐落在城市中心，但闹中取静，是读书学习的好地方。在人民中学时，王辅成的教育对象是初中生，现在，他面对的是中小学教师。我应该做些什么呢？怎样与中小学教师交流呢？自己的角色该如何转变呢？这是王辅成从走进教育学院第一天起就已经开始思考的问题。

接下来的一个星期，王辅成过得很清闲。他每天坐在办公室里看报读书，报刊种类多，时间又宽裕，这是王辅成在市环卫局工作时难以想象的状态啊！可此时此刻的他感觉心里空落落的，仿佛被人遗忘了一样。

王辅成又一次敲开了隔壁崔书记办公室的门。

"老王，坐。这些天对学校的情况熟悉一些了吧？有什么困难就告诉我。"

"崔书记，我来了一个星期了，学校很好，我喜欢这里的氛围，也一直没有停止学习，可学校总得给我分配点工作吧！"

"老王，您调过来时的身份就是副局级巡视员，组织上也没有说让您具体做些什么。学校有事情，您就跟着一起干，没事时，您就读书看报，多学习学习就行。"

"我看这样不行。我是来工作的，这样无所事事可不是我的风格。从环卫局回到教育系统，是我多年的愿望，我一直想发挥我的讲课专长，我要求组织给我分配工作。我可以去讲德育课，讲讲怎么当好一名教师。我毕竟当过十九年的中学老师，我相信我有这个能力。"

"这样吧，老王，按照党委会分工，我负责学院里的党建和关心下一代工作委员会的工作，我和周院长商量一下，看看能否让您参与学院的德育宣传教育工作。"

"太好了！"王辅成的兴奋之情溢于言表，他实在太想念三尺讲台了，他觉得那里才是自己实现人生价值的地方。

院长周绍禄的办公室和王辅成斜对门。整个一个星期里，他都在暗暗地观察着这位新同事。他发现王辅成虽然每天都坐在那里读书看报，但他的读法却与众不同。他不是简单地浏览，而是认真地阅读，有时还会轻轻地读出声来。对整齐排列在办公桌上的《人民日报》《天津日报》《中国教育报》，他更是格外精心地在上面勾勾画画，标明重点。他的书柜里很快就摆满了马列著作和文学名著，有的书皮已被翻烂，无论哪一本书，字里行间都画满了重点符号和标注。周绍禄想起此前调阅过王辅成的档案，里面写满了他曾经获得过的各种荣誉，每一项都记载着这位老共产党员的足迹和心声。但王辅成到教育学院报到后，在自我介绍中并未提及任何一项荣誉，他只是这样介绍自己——我曾经是一名合格的老师。

慢慢熟悉之后，周绍禄感觉到，外表文质彬彬的王辅成，内心很强大，党性极其坚定。另一方面，刻苦读书的王辅成并不死板，他不仅能将很多名著里的重点段落一字不差地背诵出来，更为可贵的是，他总能将那些闪烁着思想光芒的内容与现实生活有机地结合起来。

学高为师，身正为范。天津教育学院一直将教师的德育教育放在首位。在学院的一次党委会议上，经过集体研究决定，王辅成协同崔书记深入教学一线，为参加培训的学员们讲授教师职业道德、邓小平理论等课程。

即将再次登上讲台，王辅成体验着久违的激动。那一晚，从不失眠的他辗转卧榻，怎么也睡不着。子夜，他索性翻身起来，从抽屉里拿出那个已经发黄的白色笔记本，轻轻翻开——"把一切献给党——王辅成同志共勉 吴运铎"。王辅成抚摸着笔记本，轻声念着上面的字，思绪仿佛回到了 1982 年 5 月的那一天。这一刻，他仿佛又一次在思想深处与吴运铎同志重逢。

王辅成摊开日记本，一笔一画地郑重写道："吴运铎同志 1991 年去世了。有一天当我离开这个世界，在另一个世界再见到吴运铎时，我会告诉他，我听从了您的教诲，我把我的一切都献给了党。我无怨无悔。我从写入党申请书的那天起，就严格按照党员标准去做。党让我成为教师，成为人民公仆，党让我有了今天的一切。宣过誓言，我这一辈子就要永远跟党走。我的生命属于党。"

两个星期后，王辅成就要开讲第一堂课了。他像一位刚刚走上教师岗位的新人一样，细细翻阅着自己的剪报册，找资料，翻书本，写讲义。他一如既往地阅读报刊，摘抄佳句，背诵精华。在这个重温的过程中，那些曾经刻印在血脉之中的名人名言、诗词歌赋又一一重现，仿佛老友重逢。王辅成对此十分感慨，那些倾尽心力积累起来的知识，可以说是人生最宝贵的财富，是任凭时代变迁、人事代谢都带不走的沉甸甸的财富。

　　王辅成喜欢环境整洁，追求思想干净，他的眼睛和内心都容不得任何沙尘。在他备课期间，一则社会新闻引起了他的注意：一个十三岁的男孩因为沉湎于电子游戏，想去游戏厅又没有钱，就去找爷爷要，爷爷没有给他钱，这个男孩便趁爷爷不备将其杀害。消息一出，舆论哗然，整个社会都在为未成年人的恶性犯罪而担忧。惋惜之余，王辅成想得更多的是，如果每所学校的老师都能在应试教育中加入世界观、人生观、价值观的三观教育，在课堂上教会学生明辨是非的方法，让他们树立远大理想，筑牢道德堤坝，明确人生目标，完善个人修养，洞察善恶界线，那么这样的人间惨剧就会越来越少直至绝迹。孩子是家庭的希望，也是祖国的未来，教育好他们，是每一位教师的使命和责任，如果教师的三观出了偏差，怎么可能给学生输送正能量？

　　对！第一课，我就讲师德。王辅成特意给这一课起了一个充满诗意的题目——《思考在远航的帆影下》。

　　开讲啦！

　　王辅成走进一间专供中学教师培训班使用的教室，眼前的几十张年轻面孔令他感慨万千。那一刻，王辅成甚至产生了某种错觉，他仿佛看到了年轻的自己正坐在下面的座位上，凝神倾听，静心思考。一切仿若三十多年前的教室，一切仿若是昨天，这些情景太过相似，却又太过不同。同样身为老师，但在改革开放的大背景下，教师的教学任务早已今非昔比，学生的思想观念更是地覆天翻。他在心底对自己说，如果不是持之以恒地读书、学习、与学生交流，那么就会远远落后于这个时代，跟不上眼前这些年轻人的思维。

站在讲台前的王辅成很是镇定，他的讲桌上没有书，没有本，甚至没有一张纸。他站姿挺拔，嗓音洪亮，他有太多的话要对这些年轻人说。

"各位同人，今天我们来讲讲师德。师德，是道德观的一部分，道德观是人生观的一部分，其根源是……"

时至今日，王辅成已不太记得自己二十五年前在天津教育学院第一堂课上所讲的具体内容，他只记得自己是脱稿讲的，从当时的教育现象出发，引申到教师本身的素养，他讲自己的读书学习体会，还在课堂上和学员们互动。一堂师德课让教室里的学习气氛愈发浓厚。王辅成还记得下课前自己说的一段话："我最喜欢萧伯纳的一句话，也希望和大家共勉：'人生不是一支短短的蜡烛，而是一柄由我们暂时高举着的火炬。我们要把它燃烧得十分光明灿烂，然后传给下一代的人们。'这段话对我的影响特别大。人们一直将老师比作蜡烛，去燃烧，未免有些悲情。而萧伯纳的这段话让我觉得更阳光，更有激情。下课！"

教室里响起了掌声。听得出来，掌声里有着强烈的共鸣和认同感。王辅成意犹未尽，学生们也意犹未尽，他们忽然发现，一直被视为枯燥的政治课却被王老师讲得那么有趣，生动之余引人思考，深刻之中获得启迪。坐在下面的学生们悄悄地说："这样的课，我们爱听。"

一炮打响！王辅成的课被学生们纷纷点赞——演讲实例丰富，语言凝练通俗，心中富有激情，听者容易产生共鸣。他将中国传统文化与哲学、时事联系到一起，融会贯通，一边提出问题，一边解决问题，让人感觉特别解渴，因为王老师所讲的都是大家想了解的。

王辅成的德育课一下子成了"明星课"。他的讲义不但是原创，而且有多个版本，会根据不同班级的学生情况进行调整。

当时的天津教育学院党委副书记于新建曾是天津市和平区贵阳路中学的语文老师，在中学从事教学工作时听过王辅成的教学观摩课，惊叹于他能将语文课讲得炉火纯青，不仅学生们入迷，老师们也非常爱听，极受启发。虽说王辅成的语文观摩课给于新建的印象很深，但对他转而去讲党课和邓小平理论，她多少还是有些怀疑的。这么大的跨度，他能行吗？

一天，于新建对王辅成说："王老师，学员们都反映您的课讲得好，我也想去听听，学习学习。"

王辅成笑着说："好啊，您来听课，提提意见，看我还需要在哪些方面再下功夫提高一步。"

王辅成比于新建大十多岁，又是副局级领导，于新建没想到王辅成还是这么随和。十几年的机关领导工作不仅没有改变他的待人接物的方式，反而更加坚定了他教好书、育好人的初心。

于新建坐在教室后面，和学员们一起听王辅成讲师德、讲党课。她听得入神，偶尔观望一下，发现学员们同样听得入神，整堂课上，学员们的思路都在跟着王老师前行。于新建暗自佩服：王老师果然名不虚传，这课上得过瘾。

于新建负责全院每年的"生评教"工作。这是天津教育学院的一项"保留剧目"，由全体学员为每位老师打分，还要写出打分的理由，然后学院再根据综合考评，对每位老师进行评议。王辅成的德育课连续几年都是最高分，他的课被公认为天津教育学院的品牌课。学员们说，不听王老师的课会后悔一辈子。于新建在"后悔一辈子"的评语下面画了一条红线。她想,对于一位教师来说,这样的评价无异于至高荣誉。

王辅成讲出了名气,天津市委党校邀请他去讲课。当时,于新建恰巧正在这里进修,又一次聆听了王辅成的主题讲座。这一次,讲座地点变了,听课对象变了,唯一不变的是王辅成站着讲、脱稿讲、不计报酬讲的自定标准。于新建钦佩地望着这位身边的同事和楷模,她忽然发觉,自己距离王辅成那么近,又那么远;他那么平凡,又那么不平凡。

那一课,于新建听落了泪。

王辅成讲的是英雄张华的故事。

1982 年 7 月 11 日,身为第四军医大学三年级学生的张华,为抢救淘粪落池的老农魏志德献出了自己年轻的生命。那天上午,西安市灞桥区新筑公社六十九岁老人魏志德,在市内康复路公共厕所淘粪,当他下到粪池里工作时,被池内沼气熏倒。正在附近的四医大学员张华听到呼救声,立即跑到现场。张华不顾随身携带的照相机等贵重物品,下到粪池,很快抓住魏志德,并对池上的人们说:“快放绳子,人还活着。”话音刚落,张华自己也被沼气熏昏,倒入粪池。过路群众将张华救上来送到医院进行抢救,但终因吸入毒气过多,抢救无效,张华光荣地牺牲了。

王辅成清晰地记得当年自己在《人民日报》上读到张华的事迹时,感动得热泪盈眶,他剪贴了当时的报纸。张华的英雄行为和高尚品格一经宣传,在全社会产生强烈反响,并在全国范围内引发了一场“人生价值如何衡量”的大讨论,对当代青年树立正确的人生观和价值观产生了重大影响。

“同学们给他冲洗了脸上的粪污,他的面容是那么的安详,还带着微微的笑容。他在下到粪池的一刹那,也许并没有想到是在做一件惊天动地的事情，就像他在农场劳动时，拦住惊牛救了一位女青年；就像他过去在公共汽车上掏出手绢，给一位呕吐的老大娘擦嘴；就像他在暑假里跳进洪水中，抢救人民群众的财产……张华，当代优秀的大学生，把自己所做的一切，都认为是应该的。"（《人民日报》1982 年 11 月 2 日第三版）

王辅成每次讲张华的故事时，都是动情又动容，他的表达带着自己的情感，更带着自己对英雄的敬重。直到二十多年后的今天，于新建仍然记得王辅成当年讲故事时的每一个细节，她甚至记得王老师当时的手势、语气和声调。故事讲完后，王辅成对在座的党员们提了一个问题："没有人会知道张华在生命的最后一刻想的是什么。作为年轻人，他一定想活下去，活出精彩的人生。但他明知道自己面临危险却没有犹豫，而是义无反顾地去救人。我们应该思索，人活着是为了什么？人在离开这个世界的时候会怎样总结自己的一生，会给这个世界留下什么？"

"人活着，应该把一切献给党。"王辅成坚定地说。接着，他阐述中国共产党的发展历程，讲述身边生活发生的变化；他还回忆起自己的童年经历，重温为入党而做出的执着努力；他讲雷锋的故事引发的启迪，也讲身边那些普通人的光彩。

王辅成的课观点明确，立场坚定，实例生动，通俗易懂，代入感强，而且题目新颖，意味悠远，将诗情画意和理论哲思融汇到一起，让每一位听众都能在深思之后受到启发。

王辅成讲课看似一气呵成，实则蕴含了他多年的积淀，浸透了他全部的心血。每一道标题的确定，每一个故事的选取，每一种观点的提炼，每一次效果的升华，都经过了他的精心设计和全情准备。讲台上的自信和从容，正是他俯下身去在知识的海洋里遨游的回报。

授课与学习构成了王辅成的生活主旋律，但他一点都不会给人留下掉书袋的印象,他能活学活用。他还多才多艺,唱歌、跳舞、说相声样样在行。每次学校组织活动,他都会在大巴上跟大伙谈诗词、说相声、讲笑话,一路欢笑一路歌。

天津教育学院是王辅成系统讲述三观的起点。

知音,因为知心

自律、自觉、自省、自信,这些都是王辅成鲜明的个人印记。

王辅成曾亲眼目睹过个别党员干部身上存在的不良习气,也从报刊上读到过一些党员干部腐败堕落的案例。有时候,听到群众们对腐败现象的不满之辞,他心如刀绞。他是那么地热爱党,他在这个世界上最不愿意听到的话就是有人说党不好,说党的干部不好。他想,我们党的理论、宗旨是完全正确的,也是完全值得群众们信赖和拥护的,现在出现的问题恰恰是一部分党员干部的世界观、人生观、价值观出现了偏差。痛心之余,王辅成讲好三观的愿望变得空前迫切起来。

党的十五大之后,王辅成的宣讲从单纯的师德层面提升到了如何正确树立人生三观、做好一个"大写的人"。为了讴歌真善美,鞭挞假恶丑,他将三观的重要性、紧迫性、具体内容、培养途径等内容设计为四大主题,把人生观细化为十个方面的子观点进行宣讲。这些内容被分解成长达十四个半天,总计五十六学时的教学大纲,根据不同听课对象、不同场合的需要而安排不同的组合方式。

在王辅成眼里,那一页页字斟句酌的讲义,是他经过多年学习总结而成的思想精华,犹如一颗颗晶莹的琥珀,浓缩着他对信仰的执着以及对一切美好事物的向往。

王辅成总把这句话挂在嘴边："一个人应该保持终身学习的习惯。"他将这个观点提炼为"一个本基""两个升华"和"三大途径"。"一个本基"是：读书学习。这不仅是一个人的增智创新之本，更是一个人的修德立身之基，对一个人的道德修炼有着极其重要的作用。"两个升华"是：把读书学习升华为生活的一个组成部分；然后在此基础上继续提升，升华为幸福的组成部分。"三大途径"是：向书本学习，向实践学习，向群众学习。

　　王辅成在很多场合都表达过对博览群书的看重。一个有品位的人不能局限在自己擅长的学科范围内，而应至少粗读十二大门类的知识，包括自然科学六门（数学、物理学、化学、天文学、生物学和地理学）、人文科学三门（文史哲）、社会科学三门（政法经）。这个求知的过程也是修德的过程，二者是相辅相成的。读书，将从根本上提升一个人的品位；读书，将使我们的生命因丰富而厚重；读书，将使人远离物欲的喧嚣，获得精神的超越和心灵的清宁。离开了书，人会在安逸或沉醉中失去追求的热望、探究的执着，失去对庸常的拒斥和对灵魂高翔远翥的憧憬；离开了书，人会在不知不觉中逐渐暗淡、萎缩和沉沦。唯有读书，才能拓展和延伸我们有限的经验时空，一册在手，咫尺之内，尽可思接千载，视通万里，几千年人类文明的珍花异卉，任你观赏采撷，凭借一双灵眼的导引，你可以自由而强健地徜徉在辽阔无垠的精神沃野之上。

　　每当王辅成给学员们讲到读书的意义时，他都像正骑着一匹飞奔的骏马，在知识的草原上驰骋。那是多么壮丽宽阔的草原啊，他头脑中的知识、思路和理念，他视野的高度、广度和宽度，都和那草原一样一望无际，充满生机。这时的王辅成俯视着草原，在一种博大胸怀和辽阔视野的激荡下，将这些经过他含英咀华的知识毫无保留地传递给学生。此心此情此境之下的王辅成，站在讲台上怎能不充满激情,怎么不纵横捭阖?

　　理论在提升,时代在发展,国家在进步,王辅成讲稿的内容也在不断地丰富和充实着。讲台上的王辅成最喜欢与大家互动,学员们也喜欢在课堂上向王老师提问。通过那些睿智前卫的问题,王辅成掌握了当代大学生的共同困惑,然后回去细心琢磨,补充素材,转换视角,用更具有说服力和更符合大学生心理的案例和解释,去打通他们思想上的脉络。王辅成援引案例的信息来源,大多取自权威的主流媒体,《人民日报》《光明日报》《中国教育报》《天津日报》都是他常放在手边的报纸。当有听众问他,您讲的故事为什么古代的和国外的事例偏多呢?王辅成如是回答:"古人能够做到的,我们都应该做到,总不能一代弱于一代吧?另外,中国共产党以马列主义做根基,我们应该努力去超越外国的文明高度才对啊。"

　　对于王辅成来说,他一页页认真地写着讲义,落在纸上的知识大纲条分缕析,丝丝入扣,而且每一页都会变成他的腹稿。这样的腹稿他心里已经装了几十篇,并且不同内容、不同事例对应着不同人群和不同主题,以便随时切换,让宣讲更有针对性和说服力。王辅成是个简单而快乐的人,读书和教书是他生活中最有色彩的部分。他不太适应复杂的人际关系,也不懂得算计自己的得失,他觉得斤斤计较的人难以得到内心的满足。

　　在天津教育学院的日子里,王辅成是快乐的,他感觉身体里的每一个器官,甚至每一个细胞都是活跃而快乐的。那些细胞随着他一起幸福地读书,幸福地讲课,幸福地享受着教师职业的伟大。

　　王辅成的每一个节假日都是在读书和备课中度过的。对于中共中央机关理论刊物《求是》,他是每期必读,每篇必读,而且是一字一句地精读。1997年六七月间,《求是》上刊发的一篇文章里引用了一段毛泽东对鲁迅的评价,因为文中使用的是双引号,说明是从原文引用的，但在这篇文章里，原文中评价鲁迅"最正确、最勇决、最忠实、最热忱"的五个"最"，少了"最忠实"。这段话王辅成早已烂熟于心，就连《毛泽东选集》中的这个段落他都能全部背诵。他相信自己的记忆力，这一次是杂志出了差错。他想写信和杂志社沟通一下，但转念一想，我一个普通教师给中共中央机关刊物挑错，会被接受吗？也许编辑们连我的信都不会拆开。这样一想，王辅成暂时放弃了写信的念头。他特意将这期杂志放在几份报纸下面，想淡化对杂志中那个失误的遗憾之情。可越是这样，反倒越时刻提醒他这本杂志中那篇不严谨文章的存在。思前想后，他觉得还是应该写封信指出那篇文章引文的错误，提醒杂志社进行一下更正，以免误导读者。

犹豫了几天，王辅成终于下定决心给求是杂志社写信了。他在信纸上工工整整地写道："编辑同志，我是天津的一位大学老师，也是贵刊的忠实读者。我阅读了多年《求是》杂志，学习到很多党的知识理论，思想不断提升……"王辅成把自己发现的问题进行了细致说明。最后，他祝杂志办得更好，给基层党员提供更多的理论指导。

信寄了出去，王辅成像了了一桩心愿，感觉一身轻松。

出乎意料的是，王辅成很快就收到了求是杂志社的回信。他们不仅完全接受了王辅成的指正，还诚恳地为自己工作中的疏漏而致歉。编辑在信中坦诚地说："不是作者的原因，而是我加上的那段话。我太熟悉这些文字了，却犯了错误。有时越是熟悉的内容越是容易大意。这对我今后的工作也是个警醒。"

连读了几遍回信，王辅成很是感慨，这可是中共中央机关刊物的回信啊，这种敢于认错、敢于担当的精神让人钦佩。他自己也引以为戒，在课堂上引用经典时，对于模糊的段落和字句一定查实清楚，一字不差才行，绝不能以讹传讹，误人子弟。

求是 杂志社

王辅成同志：

　　看到您对我刊编辑工作的意见，感到非常高兴，也十分感谢。您的意见受到我社有关编辑部门的重视，对我们工作的进一步提高起到了重要的督促作用。为此，我们十分欢迎您能够参加我社的"第一读者"活动，成为我社的"第一读者"，审读我刊，不断提出意见，为共同办好党刊，为我党的理论工作作出我们应有的贡献。

　　现随信寄去登记表一张，请填好后加盖单位公章寄回。您将按期收到我刊，相关邮资也将随后寄到。

求是杂志社总编室
1998年4月27日

1998年，求是杂志社写给王辅成的信

直到今天，《求是》仍是王辅成最青睐的杂志。不过从那以后，他再也没有发现文章里的明显疏漏。每当看到一篇观点明确、论证有力的好文章时，他都迫不及待地摘抄下来，录入自己的知识库里。他也会对作者的一些观点提出自己的看法，写信寄到编辑部与编者和作者进行纸上切磋。

1998 年 4 月底，王辅成收到求是杂志社寄来的一封信。信笺上打印的内容是："王辅成同志：看到您对我刊编辑工作的意见，感到非常高兴，也十分感谢。您的意见受到我社有关编辑部门的重视，对我们工作的进一步提高起到了重要的督促作用。为此，我们十分欢迎您能够参加我社的'第一读者'活动，成为我社的'第一读者'，审读我刊，不断提出意见，为共同办好党刊，为我党的理论工作作出我们应有的贡献。现随信寄去登记表一张，请填好后加盖单位公章寄回。您将按期收到我刊，相关邮资也将随后寄到。求是杂志社总编室，1998 年 4 月 27 日。"

这一纸约定让王辅成当了整整十年《求是》杂志"第一读者"。到了每个月的固定日期，《求是》都会如约而至。拿到党刊，王辅成总是高兴地说上一句"精神食粮又来喽"。每一期《求是》都是近十万字的阅读量，"第一读者"的任务重要而艰巨。杂志社表示，不论文章作者名头多大，级别多高，只要字里行间存疑，就要一一指出来，写成书面文字将信函寄回。"第一读者"的称号说明了《求是》对王辅成这名老党员的信任以及对他渊博学识的高度认可。王辅成也把这当作一项重要的任务来完成。每到夜晚，他坐到桌前，在明亮的灯光下，戴着花镜一字一句地阅读。那专注的眼神，划过字迹的笔尖，弯曲的脊背，就像灯下的一幅美丽剪影。《求是》每到年末的最后一期杂志，都会对当年的"第一读者"进行表彰，连续多年的光荣榜上都有王辅成的名字。

思考在远航的帆影下

思考在远航的帆影下，这是王辅成讲课时常用的题目。学生们特别喜欢这句话，因为它既有意境又有韵味，有的同学干脆采用"拿来主义"，把它作为自己文章的题目。

早在师专读书时，王辅成就是一个标准的"文青"。班里爱好写作的十几个同学组成了一个小组，王辅成给小组起名"待航"，取义积蓄学识和力量，等待航行。他尤其喜欢这个词蕴含的意味。后来，他由学生变成了老师，在给学生讲课时，将"待航"改为"远航"，仿佛自己站在码头，目送着一个个新的水手驶向大海。

写作趋冷，讲座喜热。一个需要耐住寂寞，另一个需要激情四射。

王辅成的讲课内容总在更新，甚至日日更新。即便如此，他仍然常常感到遗憾，天天琢磨着，要是在这个段落加入这个实例，在那个板块添上那个内容，讲课也许会更加精彩，会给听众更大的启发。

有一次，王辅成在讲台上动情地说，我之所以坚持站着讲，是因为我还能够站立，我希望一直站着讲下去，一旦哪天站不住了，那就是我即将走到人生边缘的时刻。我将坦然面对，捐出自己的遗体，站好人生的最后一班岗。

2018年5月17日，王辅成照例清晨五点起床，起床后必做的第一件事，就是背诵当天的功课。如同吃饭与睡觉，每天的晨背已经成为他生活中不可或缺的一个环节。只有这个程序完成，后面的程序才能接续进行。这个在中学教书时养成的习惯，王辅成一直坚持到了今天，整整五十年。按照每篇文章每月背诵一遍的频率计算，这些经典美文已经被他重复记忆了六百多遍。

王辅成住在高层住宅楼里，每天早上站在窗边俯视整个城市，感受幽静的清晨，将思绪拉回到古代的诗词歌赋中是他开启新的一天的方式。这一天，按照他雷打不动的安排，应该背诵苏辙的《黄州快哉亭记》。王辅成的背诵不是机械地背诵，而是动情地吟诵。每个月的17日，他都会如期背诵这篇文章，像是一次与经典的庄重约会。这篇四百多字的美文，他背起来不但行云流水，而且带着充沛的感情，他甚至能从每一个字词间领悟到苏辙写这篇散文时的激情。在博闻强识这个问题上，王辅成对自己一向要求苛刻，不仅要一字不差、声情并茂地背诵原文，还要熟记其中的典故。他还有一套自己的联想记忆法，一个苏辙后面，是一大串与他相关的人，比如苏轼和苏洵，他们的代表作品是什么，他们的字、号以及生卒年份又是怎样的。每天的早课，短则一小时，长则两小时，必须保质保量完成。然后王辅成才去洗漱，正式开始新的一天的工作和生活。

　　王辅成之所以对那些古代名家的名、字、号如此较真，是因为他在师专读书时有一次和同学探讨王安石的作品，他误以为王安石和王半山是两个人，而"半山"其实是王安石的号，结果被同学笑话了很长一段时间。从那以后，王辅成格外注重知识点的前后串联，求甚解，知所以然。这一番成年累月的坚持，极大地拓展了他的知识结构，让他触类旁通，宣讲时信手拈来。每当同学们提出一个问题，他的脑海中总会同时闪现出好几种解答方式，然后根据现场情况择优使用。

　　王辅成甚至连唐宋名家的生卒年份都熟记下来，韩愈享年五十六岁，欧阳修享年六十五岁，长寿的苏辙卒于七十三岁。每当说起苏辙的年龄，王辅成都会不由自主地将一下自己已经花白的头发，他在心里对自己说，我今年七十九岁，已经比苏辙多活了六个年头，但苏辙的一生留下了多少千古文章，我的实际生命比他长，但我的有效生命却远逊于古人啊!

七十九岁的王辅成喜欢与历代先贤比较生命的长度和厚度。现在的他最突出的感受就是每天的时间不够用,总是处于亏欠的状态。后面的岁月未可知,今天的分秒更珍贵。每次外出宣讲,他都不愿意让主办单位接送,一来是不愿意给别人添麻烦,更主要的是,他希望能省下路上与人寒暄的时间,静下心来陶醉在自己的诗词世界里。

王辅成搜集事例的标准就是事例首先要能感动自己。看见精彩的文章,他会同时记在本子上和脑子里。他给自己的笔记本起名为"芳与泽其杂糅兮",这是《离骚》中的一句话,他以此来指代本子里记下的那些世间美好的故事和一些丑恶的现象。本子上的字写得密密麻麻的,勾勾点点的痕迹、遍布的三角和方块标记,无不彰显着主人的勤奋与深思。

1999年,天津师范大学、天津师范专科学校和王辅成所在的天津教育学院三校合一,新的天津师范大学规模大增。

那一年,王辅成五十九岁,距离退休时间只有一年多,学校名称和上课地点发生了变更,不变更的是他备课与授课状态时的认真,是他坚定的党性,是他对大学生如何扣好人生第一粒扣子的希冀。王辅成一直坚守着自己的初心,他觉得只要自己讲的话能给学生们一丝启迪,哪怕一个故事、一句名言能让他们有所感悟,就是对自己付出的最大回报。所以这时他依然认认真真地备课、讲学,没有丝毫懈怠。

2000年,王辅成年届花甲。他创作了一首名为《人生感悟》的抒怀诗为自己庆生:

只有挣脱庸常的羁绊,才能挣脱魔鬼的纠缠。只有超越自

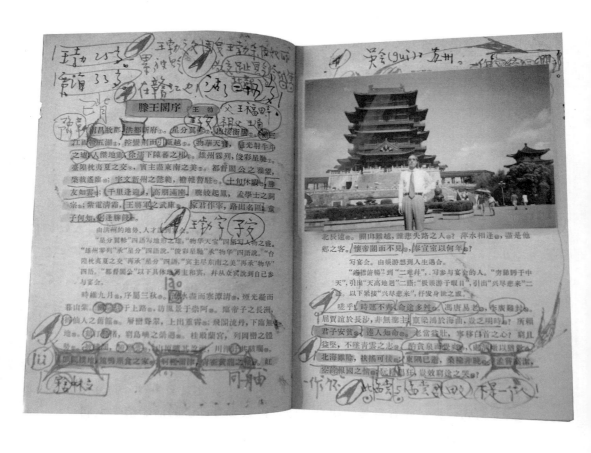

王辅成将他在滕王阁拍摄的照片夹在
学习《滕王阁序》的那页书中

我，才能超越浮浅。光有胜利而没有眼泪，不是真正的富有。古往今来，幸福的组成部分中，总是包含着遗憾。宇宙浩渺，唯独并不存在完美。如果非要说有，至多也是瞬间的永恒和永恒的瞬间。有人尽管攫取到所有的名利禄情，却不得不在极度的疲惫中或愧悔的内疚里，长喘或抖瑟。有人虽然仅仅得到一片绿叶，然而他们却拥有整个春天！

也是在这一年，王辅成终于来到了滕王阁前。他很喜欢王勃的《滕王阁序》，曾无数次地吟诵过这篇美文。那天，他穿着正装，心情愉悦地走进滕王阁。他以这种方式向王勃致敬，向滕王阁致敬，向中华民族的经典致敬，也向自己的六十岁生日致敬。

每一次宣讲，都是一次心灵的交流

2001 年 10 月，王辅成正式办理了退休手续，但他并没有觉得这一天与往日有什么不同，他桌上的台历依旧密密麻麻得仿佛盘根错节的地铁线路图一般，差不多每一天他都要奔走在宣讲三观的路上。

退休后的王辅成竟然比上班时还要忙碌。

南开大学、天津大学、天津医科大学、天津商业大学、天津工业大学等高校的讲堂上都能见到他挺拔的身影，都能听到他铿锵的声音，他的语重心长在天津几十万大学生的心中刻下了深深的烙印。一场在天津师范大学中文系举办的讲座结束后，伴着热烈的掌声，一位同学走上讲台，将手里捧着的鲜花献给了王辅成，还主动拥抱了这位可亲可敬的师长。另外一场在天津工业大学举办的讲座后，几名同学兴奋地围着王辅成说:"您的话将改变我们的人生!"

渐渐地,王辅成的三观宣讲开始声名远播,他的行迹也从天津延伸到了北京、河北、河南、山西等省市。

2005年,中国传媒大学关心下一代工作委员会邀请王辅成到传媒大学为学生们讲一堂党课。王辅成爽快地答应了下来,还一再强调自己乘火车去北京就可以,并且不要任何报酬。但为保证六十五岁的王辅成路途上的安全,中国传媒大学还是决定派车专程来天津接王辅成。

2005年11月3日上午,那辆专程来津的汽车接上王辅成后,沿着高速公路一路向北。按照校方的计划,正午之前王辅成就能赶到北京,午饭后稍事休息,下午两点准时开讲。谁料高速公路上的大堵车让王辅成进退两难,直到下午四点才赶到中国传媒大学的报告厅。

这无比煎熬的几个小时里,王辅成在车上如坐针毡。一向守时的他从未有过哪怕一次的迟到。他在电话里一次次道歉,又一次次猜测着预计到达的时间。那一边,中国传媒大学的老师明确表示,您别着急,我们等!无论多晚,讲课都将按计划进行。

中国传媒大学的报告厅里,二百名同学静静地在座位上耐心地等待着,等久了,有的同学就站起身来活动一下身体,也有的同学夹着书本陆续离开,不一会儿,报告厅里的学生还剩下不到一半。那些经老师劝导留下来的学生,索性将报告厅当成临时自习室,都坐在座位上看书、写作业。

汽车终于吱的一声停在报告厅前,王辅成急忙推门下车,连车门都没顾上关,就小跑着进了报告厅。走上讲台时,六十五岁的他微微喘着粗气,深深地给大家鞠了一躬:"同学们,非常抱歉,因为堵车,耽误了你们的时间,让你们久等了。我想,就是有一名同学留到现在,坚持听课,我也会认真讲好这堂课的。"

王辅成以张华的故事开篇,他讲得很动容,也很深情,他所描述的情境和情怀一下子抓住了学生们的心。报告厅里的空座陆续被折返回来的学生坐满,讲到中场时,报告厅的后面已经有了"站席"。

王辅成感觉到腰有些微微酸痛,但他一直坚持站着讲;即使口干舌燥得仿佛嘴里冒烟,他也没喝一口水,因为生怕讲到半截需要去洗手间,再次耽误大家的时间。他的声音并没有因为高速公路上的长时间等待而显得疲惫,而是一如以往讲的每一课,依旧是那么的洪亮,情感也那么的真挚和投入。

两个小时的讲座结束时,同学们对这位迟到长者的精彩演讲报以热烈掌声。天色已晚,学生们意犹未尽地走出报告厅,还在回味着王辅成刚刚讲过的那些激荡心灵的箴言。

几天后,王辅成接到中国传媒大学离退休管理处寄来的一封信,是该校 2005 年 11 月 4 日的一份工作简报,上面这样写道:

"11 月 3 日,我校关工委和离退休处一起,在党委宣传部、学生处及相关二级学院的支持下,举办了一场让人振奋的'三观'教育报告会。报告人是天津师范大学老领导、关工委副会长王辅成老师。他是'三观'教育专家,也是宣讲'三观'教育的大师。近十年来,他在天津市做了数百场报告,场场爆满,十分感人。

"这次王辅成老师来我校作报告,同样非常精彩。他以诚挚务实的态度、渊博的学识、精练的语言、诗一般的词句,讲述了世界大师们的名言和精彩范例,他用活生生的事例来引导学子们感悟人生真谛,感悟世界观、人生观、价值观的重要和应该树立什么样的'三观'。王辅成老师的报告感人至深,催人泪下。

"我校学子对王老师的报告非常欢迎,报告会因为交通原因耽误,晚开始两个小时,但同学们在老师的指引下,耐心等待。报告会开始后，同学们聚精会神、全神贯注倾听。同学们随报告内容的起伏热烈鼓掌，许多同学因为感动而流下泪水。报告会结束后，同学们起立鼓掌以示谢意，并纷纷拥到主席台，请王老师签字留念。同学们说，多年没有听过这样接地气的报告了，欢迎王老师再来中国传媒大学，让更多的同学能够听到这样的好报告，让更多的同学去接受和传播这种思想。"

讲课收到了满意的效果，这让王辅成很高兴，但他每每想起这次堵车迟到，都觉得有些愧对那些学生。

2006年4月，首都师范大学的部分教师在天津师大交流培训。学习临近尾声时，天津师大的一位老师说，我建议你们专门拿出一堂课听听王辅成老师的讲座，他宣讲三观，能把人讲哭。能把党课讲得这么好的老师，我们以前从来没有遇到过。首都师大的教师们采纳了这个建议，听了王辅成的一堂三观课。王辅成以鲜活的主题、流畅的讲述、清朗的声音，用时而高扬时而平静的语气，深深地感动着首都师大的教师们。王辅成引经据典地论述了为什么要树立正确的三观，讲述了高尚的师德对教育学生的意义，讲述了自己对人生的看法。首都师大的老师们真诚地说，这样的讲座能够影响人的一生，应该让更多的人听到。他们希望在适当的时候，能够请王辅成老师去首都师大为师生们宣讲。

王辅成说："没问题啊！我的宣讲版本有很多，你们需要听哪些方面的？可以单纯讲师德，可以将三观拆解开来，单独讲价值观、人生观、世界观，还可以讲幸福观、道德观。"

老师们异口同声地说："我们都想听。"

王辅成笑了："如果都讲的话，大概需要七天呀。"

没过多久，王辅成就按照约定走上了首都师范大学的讲台，他以天津师范大学退休教师的身份，就如何面对自己的人生问题，与北京的大学生们进行了面对面的交流。

对讲座邀请来者不拒的王辅成，把宣讲当成了自己的使命和责任。站在讲台上，面对着几百名教师，他侃侃而谈，那些沉淀在脑海里的知识，存储在心中的期许，都在他清晰的思路引导下娓娓道来，涓涓流入老师们的心田。

王辅成说，正能量的种子就是这样一颗颗播种下去的，能发芽一颗是一颗，只要用心耕种，辛勤浇灌，总会有种子发芽、长大、结果。

2006年5月，王辅成应河南省安阳县安阳二中李校长之邀，专程南下为全校初中生宣讲"学生时代如何树立理想信念"。宣讲定在下午两点，地点是学校大操场。安阳二中是重点中学，校园环境好，学生素质高。一点五十分，已经站到操场升旗台上的王辅成看着学生们从教学楼里鱼贯走出，成群结队地向操场汇集，每人手里拿着的小马扎十分抢眼。这是五千名学生啊！这是一幅令人心潮起伏的壮观景象啊！学生们有序地在操场上集合完毕，然后列队整齐，等候老师的指令。站在高处的王辅成在这个瞬间激动不已。他从心底为这些孩子们喝彩，因为他们是未来的"太阳"，他们的素质和修养就是国家未来的素质和修养。

在这个操场上的大讲堂上，王辅成举着麦克风站着讲了两个小时。天高地阔，未来可期。这种别样的感受像一波又一波的潮水，冲击着他的心房。温暖的午后，阳光照耀着王辅成，也照耀着孩子们。浑身上下被阳光涂上一层金色的王辅成，显得特别的高大和神圣。他谈理想，说信念，讲人生，论价值，还有人活着的意义以及中国共产党的历史和未来……五千人的露天讲座，连同他的动情与学生们的共鸣，就这样深深地刻进了王辅成的记忆里。

2007年5月，安阳二中再次邀请王辅成为全校几千名师生讲党课。虽然时隔一年，但是王辅成依然兴奋不已，还是畅谈人生的三观，还是阳光下的那个操场，还是黑压压一眼望不到头的坐在小马扎上的学生。王辅成又一次见到了那个壮观的场面，甚至比他第一次来这里宣讲时还要壮观。第一句话还未出口，王辅成的眼睛已经湿润了，他为这支壮观的队伍感动不已，也为自己有机会站在这个讲台上感到无比的骄傲。

2018 年的台历早已没有空白

2018 年，王辅成的事迹经过中央和天津媒体集中报道后，邀请他去讲党课的单位排起了长队。以前，他一周宣讲三堂课，自从 4 月之后，这个频率陡增了一倍，变成日均一讲甚至还多。王辅成的台历上的小格，几乎每天都被分成上下两部分，分别记录着当天上午和下午的安排。那些挤在一起的密密麻麻的文字和数字，是只有他才能看懂的邀请单位和时间。为了避免遗忘或记错，老伴儿特地在客厅的挂历上也记下了同样的讲课安排，但王辅成仍要每天仔细查看过自己的台历后才放心。他觉得，这些经过周密安排的时间和路线就是他的人生行迹。这台历上记载着一个老共产党员的追求，也像年轮一样刻画着一个充实而怒放的生命。

2018 年 4 月 16 日，世界读书日前夕，天津医科大学邀请王辅成为大一学生做一次主题演讲。演讲定于下午四点开始，地点选在能容纳五百人的隆德学术报告厅。这个讲台上曾经出现过众多全国著名医学专家的身影。

王辅成三点半就到了隆德厅门口，从不迟到是他的习惯，也是他的准则。

这是王辅成给天津医科大学的学生们讲的第二堂课。他至今还

王辅成在台历上记下自己的行程规划

2018 年 4 月，王辅成在天津医科大学进行演讲

清楚地记得，在 2012 年 4 月 24 日下午四点到六点，他曾在这所大学的礼堂里讲过课。那堂课，他讲的是幸福观。那天下着春天里少有的大雨，王辅成独自冒雨前来。讲完课，辅导员张泽红、唐宇无论如何也不肯让已经七十二岁的王辅成蹚着雨水回家，王辅成也不忍让他们为自己担心，破例同意坐上了他们的车。至于讲课费，根本没有商量的余地，钱被王辅成直接转交到了学生处。他只留下了同学们送给他的鲜花，并把花放在自己的写字台上，与他珍爱的那些书本为邻。他是那么地喜欢在清香中伏案读书和写作。

如今，王辅成再次站在隆德厅门口，他想，六年前听我讲课的那些学生，今天大概都已经工作在医疗岗位上了吧？但愿我当年的讲课能够给他们留下一些人生的正能量，哪怕只有一点点，对待医术更精益求精一些，对待患者更温和亲切一些，我都会感到欣慰。

与六年前那次讲座遇到的恶劣天气不同，这天天气晴朗，王辅成花白的头发在春风中微微摇动，他穿着一件长款风衣，脊背挺直，个子更显高大。看着身边来来往往的年轻大学生，王辅成微笑着。有的学生经过他的身边，喊一声老师好，有的对他笑一下，匆匆走过。王辅成颔首回应着，和年轻人交流是他保持心态年轻的一剂妙药。

报告厅很快就被陆续赶来的师生坐满，无人迟到。

因为很多学生晚上还有课，所以演讲时间被限定在九十分钟以内。王辅成走到讲桌旁，摘下手表放在讲桌上，然后拿着麦克风开始了他的宣讲。

王辅成一直站在讲桌旁，没有移动一次脚步，也没有用身体倚靠讲桌。他就像一座灯塔，笔直地站立着，中途没有喝水，也没有任何停顿。他没有讲稿，也不靠大屏幕上幻灯片的提示，但这些丝毫不妨碍他引经据典，出口成章。讲台上的王辅成背诵着媒体刊载过的大段精彩文章，背诵着流芳百世的古文名篇。他在这"一个人的舞台上"释放着正能量,也传达着一位长者对莘莘学子的厚望。

台下的学生们已经完全被王辅成带进了那个神圣的殿堂,他们认真地捕捉着每一个词句,没有人玩手机,没有人接电话,没有人睡觉,没有人早退。

五点三十分,演讲准时结束。王辅成意犹未尽,觉得还有很多话没来得及说出来。他再一次婉拒了学校开车送他回家的请求,也谢绝了讲课费。七十八岁的王辅成走到地铁站,他在心里为自己喝彩。他欣慰地想,我又一次用渊博的知识,用流畅的宣讲,用强健的身体挑战了自己,挑战了七十八岁的大脑。

2018年4月20日上午,在和平区政协活动中心,能容纳二百六十人的礼堂里座无虚席,很多区属单位派党员代表前来聆听讲座。

王辅成稳步走上讲台,社区工作人员要去搀扶他,他笑着摆了摆手。

王辅成站得笔直,挺着胸,抬着头。他早就习惯了这样的会场,他希望每一次演讲都能让更多听众的思想离我们的党更近一些,那会是他最有成就感的收获。

这一天,王辅成又来到了天津市和平区开封道社区进行演讲,题目是《不忘初心,牢记使命——争做模范党员》。这个社区早在2001年就成立了延安精神学习宣传小组。社区党委带领辖区内的党员定期开展不同主题的宣讲活动。2018年,他们还以红色精神、改革开放四十周年为主题,开展了"人文开封道、精致小白楼、品质和平区、美丽天津市"系列活动。

2018年元旦刚过,王辅成上半年的讲座日程就已经全部排满。没想到的是,年关将至,他腰间盘突出的老毛病又犯了,而且来势凶猛,走路都成问题,无奈之下他只得住院治疗。可病情稍一缓解,他就重启了三观宣讲之旅。所以走进开封道社区的日期反反复复改了几次，最终才定在了这一天。

社区里老党员居多，而且党性超强，花白头发的，弓着背拄着拐杖的，大家兴致盎然地相约一道来听讲座。开讲时，王辅成自报家门，我今年七十八岁。坐在前排的李济生老人大着嗓门说："我八十啦，还年轻呢，八零后。"接着又有人说："我七十六岁啦。""我刚七十岁，还小着呢。"大家呵呵笑着，会场气氛一下子热烈起来。王辅成也笑了，他说："别看咱们年龄大，还得健康地活着，奔着好日子走呢。"

这天，王辅成的开场白引用了2015年习近平总书记在中央政治局第二十六次集体学习时的一段话："我们共产党人的根本，就是对马克思主义的信仰，对共产主义和社会主义的信念，对党和人民的忠诚。立根固本，就是要坚定这份信仰、坚定这份信念、坚定这份忠诚，只有在立根固本上下足了功夫，才会有强大的免疫力和抵抗力。"当他把这段话一字不差地背诵下来时，在场的老党员们都露出了惊讶的神情。哦，真是背下来的啊！

王辅成说："年轻时，我写了十年入党申请书，入党，是我唯一的愿望。当我终于被批准入党时，我就下定决心，一生跟着党走。当吴运铎给我写下'把一切献给党'之后，我更坚定了自己的信念，活着宣讲马列，死后捐献遗体。"

课后，许多人不愿离开，和王辅成围坐在一起继续交流。李济生老人说："您讲的将有效的生命奉献出来就是永恒的，我很有触动啊。"八十岁的蒋如铎说："我是社区延安精神学习宣传小组的成员，您的课我听过几遍了，但每次听的感受都不一样，受到的启发也不同。您讲的故事，我回家都给孙辈们讲啦。希望您多保重身体，您是社会的财富啊，您身体好，才能更好地回报社会呢。咱们一起健健康康地活到一百岁。"

大家依依惜别，王辅成依旧信守自己的承诺，不让任何人送他回去。社区书记赵金玲目送他走了很远。看着他的背影，赵金玲对同事们说："有哪位七十八岁的老人能够做到这一点？又有哪位老人能够脱稿讲述党的十九大报告中的精髓？王辅成却能如数家珍。他反复强调的信仰、信念和信心，让我们能够静下心来重新思索自己的人生；让我们在写下学习笔记时，会多些思考。"

2018年5月26日，星期六，下午两点。王辅成准时站在天津师范大学音乐厅的讲台上，台下是五百名学生预备党员，这是他们以这一身份倾听的第二次党课。

天气炎热，身着夏装的预备党员们洋溢着青春的朝气。王辅成还是穿着那件灰色西装，里面是蓝白两色相间的条格衬衫。这件西装是他二十多年前在宁波出差时买的，不足百元。里面的那件衬衣干净平整，但肘部已被磨破，多亏老伴儿细心地缝补好。他已经记不清这件衬衣究竟穿了多少年。

不能迟到，不能接打电话，不能交头接耳。这是王辅成在天津师范大学讲党课时立下的规矩，十几年来从未改变。每一届学生都认真遵守着这几条无须提醒的规矩。

王辅成今天宣讲的主题是《活着树一面旗帜，倒下铸一座丰碑》。与以往不同的是，他这次是从习近平总书记在纪念马克思诞辰二百周年大会上的讲话说起。

"马克思是全世界无产阶级和劳动人民的革命导师，是马克思主义的主要创始人，是马克思主义政党的缔造者和国际共产主义的开创者，是近代以来最伟大的思想家。两个世纪过去了，人类社会发生了巨大而深刻的变化，但马克思的名字依然在世界各地受到人们的尊敬，马克思的学说依然闪烁着耀眼的真理光芒！"

王辅成用激昂洪亮的声音将习近平总书记讲话的开篇朗读出来。然后，他接连提出几个问题：共产党人活着是为了什么？共产党人的生命应该是怎样的平凡而不平庸,普通而又绚烂?

在座的学生们都是预备党员,有的已经是第五次听王辅成宣讲了,但他们觉得每一次都有新的内容和新的感受。王辅成说:"在座的同学们都是未来的老师,有的人认为,如果学生在学习成绩上落后了,这是老师的责任,自己内心愧疚;如果学生的道德水准低,那是党委书记的事情,与自己无关。这个观点肯定是错误的。"

因材施教,给王辅成的备课增加了不小的工作量。虽然宣讲三观的大主题从未变过,但他还是根据听众的身份准备了很多版本,不同的实例、不同的角度让他的宣讲更有针对性和启发性。比如在给青年人讲课时,他既提勇为,更提善为。他反复强调的是做人要保持一颗善良的心。讴歌真善美,鞭笞假恶丑。给师范院校的学生讲课时,他会不厌其烦地突出老师对于学生三观养成的巨大引领和示范作用。

"从王老师这里获得的都是正能量。"这是所有听众共同的评价。

学生们用自己觉得最能表达心意的方式,表达着他们对王老师的深深敬意。

在天津医科大学的宣讲结束后,学生们自制了绢花送给他;天津工业大学的一位男生勇敢地登上讲台,略显腼腆地拥抱了他;天津师范大学的一位女生走上讲台轻轻亲吻了他的面颊;南开大学的几位学生在演讲散场后特意等在出口,只为了对他说一声:"王老师,您得劳逸结合,不要太辛苦了!"

这些美丽动情的小片段早已在王辅成的心中扎下了根,温馨熨帖,无法忘怀。过往的一千多场讲座中,许多细节已被淡忘,唯独这些暖心的瞬间,让他觉得在真理光芒的照耀下,人间的真情互动与思想共鸣是那么的美好。

一百二十分钟里的七次掌声

　　2018 年 5 月 7 日,十点四十分,天津西站,G2609 次高铁列车准时驶离站台,王辅成和天津市延安精神研究会的工作人员李兑正坐在这趟列车上。他们此行是应山西省延安精神研究会的邀请,由王辅成在太原市进行两到三场党的理论宣讲。

　　一个黑色随身背包,里面装着一两件衣物、水杯和纸笔,这是王辅成多年来出门的标配。他穿的那件灰色西装,已经陪伴了他二十来年,早已被大家戏称为"工作服",但里面穿的灰白格衬衣很是庄重,与他灰白色的头发看上去十分协调。他的背包里没有装书,因为书中的精华已被他装在了心里。他的超强大脑仿佛一个存储空间庞大的硬盘,里面还有很多空间可供使用。望着窗外一闪而过的景致,他信心十足,心情放松而又愉悦。

　　下午两点二十分,列车到达山西太原南站。天有些阴沉,下着零星小雨。山西省延安精神研究会常务副会长与办公室主任到车站迎接从天津来的王辅成一行。对这次宣讲,山西省延安精神研究会事先做了许多准备,今天终于将长久的期盼变成了现实。

　　5 月 9 日下午,王辅成早早来到山西医科大学中都校区教学楼一楼的学术报告厅。由山西省教育厅、山西省高教工委、山西省延研会和山西医科大学主办的"山西省延安精神进高校宣讲会"在这里举行。来自太原理工大学、山西医科大学、山西中医药大学、太原师范学院、晋中学院、山西传媒学院、山西能源学院、山西职工医学院、山西交通职业技术学院和山西建筑职业技术学院等十所高校的四百余名大学生到场聆听。会场前厅陈列着专门为这场宣讲会制作的介绍王辅成事迹和弘扬延安精神的大型展板,学生们三三两两地在展板前驻足观看,有的同学还抢着和展板上王辅成的人像合影。

下午三点整,宣讲会准时开始。主办方负责人做简短介绍时,王辅成站在侧幕等待出场。这将是他的第一千三百五十场宣讲。大学生们以热烈的掌声欢迎王辅成。即便离开天津,到了几百公里外的太原,王辅成仍然秉持着站着讲、脱稿讲、不计报酬讲的三大原则。他站在那里,神情泰然,如钟,如松。

在山西医科大学的宣讲现场,王辅成欣慰地望着那些专注的学子,他享受着这种播撒种子的幸福,也在播撒中挖掘着自己的潜能,彰显着自己的价值。

两个小时的宣讲末尾,王辅成以刘禹锡的"芳林新叶催陈叶,流水前波让后波"作结。习近平总书记于 2018 年 2 月 14 日在春节团拜会上的讲话中也曾引用过这两句诗。

安排在转天下午的一场宣讲是由山西省国资委、省延安精神研究会和山西焦煤西山煤电集团联合举办的"山西省延安精神进企业宣讲会西山煤电专场"。演讲开场前,西山大厦酒店会议室内座无虚席。来自山西焦煤西山煤电集团下属大型国有企业的党委书记、纪委书记、工会主席、宣传部部长、团委书记等四百余位政工干部和省国资委机关党员干部代表到会。

会场气氛庄重得让常上讲台的王辅成都有些吃惊,听众们全部身着正装,这样的情景在他二十四年的宣讲生涯中还是头一次见。王辅成站在讲台上,感到了一种沉甸甸的尊重,他要把这一课讲得与众不同。

谢绝了主办方一再请他坐下讲的请求后,王辅成望了一眼定格在大屏幕上的题目《活着树一面旗帜,倒下铸一座丰碑》,用他洪亮而温和的声音做着自我介绍:"大家好,我是王辅成,一名中国共产党员。我今年七十八岁。"言简意赅的开场白立刻迎来了一片掌声,

2012 年，王辅成当选天津师范大学"感动师大"人物

大 道 辅 成

这里面既有对讲座内容的期待，也表达着对长者的敬重。七十八岁，脱稿讲，站着讲，这本身就像一座丰碑。

"我们都是党员，我想今天的开篇就从'一个根本要牢记'开始。什么根本呢？这是 2015 年习近平总书记在中央政治局第二十六次集体学习时一再强调的话，'我们共产党人的根本，就是对马克思主义的信仰，对共产主义和社会主义的信念，对党和人民的忠诚。立根固本，就是要坚定这份信仰、坚定这份信念、坚定这份忠诚，只有在立根固本上下足了功夫，才会有强大的免疫力和抵抗力'，这九十二个字的金句意韵深远。"

当王辅成流畅地、一字不差地说完这段话后，会场里又响起了一片掌声。这一次的掌声是出于敬佩。大家以往听过的党课上，演讲者大多带着笔记本电脑，提前做好的课件在大屏幕上显示出来，重要段落和字句都被标黑或描红，演讲者照本宣科即可。而王辅成带来的却是完全不一样的一堂课，那些特别重要的段落，他不但全部不差分毫地背诵下来，而且语气平和，语言流畅，没有任何不必要的停顿，因为这些精华的内容，经过他成百上千次的咀嚼，早已融入了他的血脉，成为他生命乐章中的一个个跳跃的音符。

"人有两种生命观，自然生命和有效生命。自然生命就是你在人世间实际生活的时间，享年多少多少岁。有效生命，现在专家学者达成的共识是，一个人的一生中，用于做那些有益于他人、集体、国家、民族和人类的事情时，所消耗的时间集合而成的生命。

"我看过一篇文章，其中详细记录了一种计算结果。假如一个人的自然生命是六十年，他的有效生命仅有三千二百零五天。三千多天，不到十年。是不是很可怕？我们细算一下，睡眠减去二十年；上下班路上减去八年，住在郊区别墅的，减去的时间还要多；每天吃三顿饭，要减去六年；梳妆打扮减去五年；各种娱乐玩耍减去五年；病床上辗转呻吟,减去三年;各种各样的等待减去三年;通讯联络减去一年。这个研究是在手机还没有被人们广泛应用的年代做的,如果放到现在,手机控们的时间要减去多少呢? 不可想象。前面这八项就需要减去五十一年。还有人做了更细微也更幽默的研究,在前面的基础上,在工作间隙匆匆一瞥照镜子,减七十天,擦鼻涕减十天。五十一年零八十天都被减去了,剩余的是八年外加二百八十五天,也就是三千二百零五天。

"后来,许多国家的学者在此基础上又做了补充:在六十年的时间里,人洗浴等要用去两年时间,如厕又会用去一年时间……最后的结论是,一个自然生命为六十岁的人,他的有效生命大约是五年。

"这个有效生命长度值得我们深思。它告诉我们不要浪费青春,不要蹉跎生命。人生的意义和价值不在于自然生命的长短,而在于有效生命的短长。一个人如果庸碌一生,即使长命百岁,又有多大的意义和价值呢?"

王辅成说,我每天读书、看报、学习的时间都在五个小时以上,很少看手机,我会用读书来延长自己的有效生命。

王辅成讲述了他多年前在报纸上看到的一个故事《生命的延续》。这个故事一直感动着他,作为他宣讲中的"保留剧目",感动了更多的人。

卢卡和桑德拉是一对年轻夫妇,他们有一个七岁的女儿,一家人生活在意大利的都灵,日子过得很温馨。这一年,桑德拉又怀孕了,夫妇俩抑制不住心中的喜悦。他们想要一个儿子,他们给儿子起名叫加百列。不幸的事发生了。在桑德拉做妊娠检查时,医生告诉她,她怀的孩子是个无脑儿,即使生下来也无法存活。医生建议桑德拉做人工流产。但是,这对夫妇商量之后却决定:生下这个孩子，把他健康的器官捐献给需要它们的孩子们。这是一个不同寻常的选择，它意味着桑德拉要忍受怀孕和分娩的痛苦，还意味着这对夫妇要勇敢地面对那令人心碎的最终结果。

十月怀胎，一朝分娩。小加百列出生了，结果正如医生的判断，年轻的夫妇在保育箱前热泪盈眶，但他们还是勇敢地面对现实。他们通过新闻界宣布："我们的加百列虽然没有脑子，但他有一颗跳动的心，我们愿意让他生得更有意义。"根据意大利的有关法律，新生儿必须满一周才能捐献器官。于是，医院采用了最先进的技术和设备为加百列输送氧气和营养。一周之后，医生关掉了给加百列供氧的机器，奇迹出现了：小加百列竟能自己呼吸，心跳也正常，小手和小脚还能自己动弹，甚至还会自己抿嘴唇。

电报如雪片般地飞到医院，社会各界一致要求医生尽全力维持小加百列的生命，意大利家家户户都在为这个孩子祈祷。但是，小加百列毕竟是个无脑婴儿，又过了一周的时间，生命终于离他而去了。经过二十四个小时的观察，医生确定这颗心脏是健康的，于是载着这颗小心脏的飞机划破都灵上空的夜幕，飞向罗马。心脏移植手术开始了，几乎所有的意大利人都守候在电视机前，等待着手术的结果。凌晨三点三十分，手术顺利结束，小加百列的心脏在另一个男婴的胸膛里悄悄地跳动起来。

两天之后，小加百列的葬礼在都灵举行，都灵人纷纷走上街头为他送行，浩浩荡荡的送葬队伍鸦雀无声。桑德拉把一束鲜花放在儿子的灵柩上。她觉得儿子没有死，他的心脏不是还在这个美好的人世间跳动吗？葬礼结束时，小加百列的墓上已经堆满了洁白的雏菊。这是意大利人对死者的最高礼遇。桑德拉告诉七岁的女儿，小弟弟是个天使，他去帮助别人了。在《圣经》故事里，有一个天使的名字就叫加百列。

加百列以天使的名义完成了生命的超越。如果我们叩问生命的意义为何，实际上是在问一个存在于某一时刻中的特殊的生命意义为何。一个人不能去寻找抽象的生命意义，而是要在现实中实现每个人都有的特殊天职或使命。每个人的生命都无法重复，也不可取代。所以每个人都是独特的，也只有具有特殊机遇的人才能完成其独特的天赋使命——生命的交接和延续。

故事讲完后，王辅成沉默片刻，说出了自己的生命观："我今年七十八岁，我活着为党贡献生命，死后会捐献遗体，有用的脏器移植给需要的人，骨骼用于医学研究。"

台下的听众轻轻地拭去脸上的泪痕，为王辅成——这位值得尊敬的老共产党员热烈鼓掌。

讲台上的王辅成顿了顿，调整了一下情绪，继续讲述延安精神的内涵。

"中国延安精神研究会归纳了五大内涵：一是坚定正确的政治方向——这是灵魂；二是实事求是的思想路线——这是精髓；三是全心全意为人民服务的根本宗旨——这是本质与核心；四是自力更生艰苦奋斗的创业精神——这是最显著的标志；五是坚持真理修正错误的批评与自我批评的优良作风——这是最突出的特征。延安精神五大内涵一个都不能少。"

王辅成的话总是那么的条理清晰，既通俗又精辟，既上口又好记。他看着听众们豁然开朗的表情，心底流淌着一股甜蜜的成就感。演讲中的这些话语，有的是他引用的，有的是他借用的，有的是他化用的，有的是他原创的，不管属于哪一种，都是从他的思想深处喷薄而出的，每一个词句都早已被他熟记并吸收，尊崇且践行。

"咱们山西好地方，山西出人才。古有王之涣、王维、王勃，战争年代有英雄刘胡兰。而在当代，我想和大家说说咱们山西劳动模范傅昌旺的事迹，他继承和发扬了延安精神。这是一个从伐木、运木再到开垦荒山、植树造林的故事。这个人值得我们铭记。"

当年，傅昌旺是全国煤炭系统闻名遐迩的劳动模范。

他是白家庄矿木料场的扛料工，工作是向井下运送坑木。百八十斤重的丈二圆木，他扛到肩上一路小跑，别人跑一趟的时间里，他能跑两趟。据粗略估计，傅昌旺在工作期间向井下输送的木材少说也有五十万立方米。

1978 年七一前夕，为响应矿党委发出的夺高产号召，傅昌旺从家里背来一口袋窝头，带了两副矿灯下井，先到采煤八队，又到采煤十队，夜班连早班，早班连二班，直到两副矿灯的电池全部耗尽，他又和送饭工友换了灯，为的是接着干，一连干了六个班——四十八个小时，也就是整整两昼夜。以至于家里人到处都找不到他，把电话打到了矿上，他才被领导强令出井。

据统计，傅昌旺在工作期间为国家献义务工五千四百个，连同他应得的各种补贴算在一起，折合人民币三万多元。他分文不要，全部作为党费上缴给了组织。

傅昌旺的事迹还被写成文章收入小学语文课本。1985 年，他成为全国首批"五一劳动奖章"获得者。

1987 年，傅昌旺退休了。

刚闲下来的那几天，他成天坐在家里，反复搓着长满老茧的双手，望着墙上一排排的奖状，就像一个退伍战士对着沙盘出神。

一天，他到矿区附近的山上散步，看到周围光秃秃的山岭，老傅突然感到心中一动：这么多年，自己往井下运了多少木材已经记不清了，只知道一根根的木材运下去，一车车的原煤拉上来。几十年过去了，煤多了，树少了，山秃了，水干了……

一个凝重的想法涌上傅昌旺的心头："我要栽树！"

恰在此时，有一件事更是深深地刺激了他。

1990年2月10日，傅昌旺从广播中听到一则新闻，太钢劳模李双良在退休后将厂区内的一座堆积了半个多世纪的渣山搬走了，并被联合国授予"保护环境及改善环境卓越成果全球五百佳"金质奖章。

傅昌旺再也坐不住了，当晚他就给矿领导打电话，不要一分钱报酬，请求上山植树。

3月12日，就在植树节那天，傅昌旺扛起铁锹上山了。

这一去，他的脚步就没有停下来。

傅昌旺的一天是这样度过的：天不亮出门，坐最早一班矿区电车到终点站，然后走两公里山路，到达坐落在半山腰的一座小庙，在那里拿上寄放的工具，再前往植树地点，刨坑、翻土、种树、育苗。直到天黑得快看不见路了，他才下山往回走。

春夏秋三季，他几乎天天待在山上。饿了，拿出准备好的干粮；渴了，就喝随身携带的白开水；累了，就坐在树坑边喘口气；下雨了，他披上自制的塑料布雨衣照样干活儿。

对于别人来说，这样的生活无异于自我放逐，但对傅昌旺来说，却像是重返战场，又找回了自己的价值。傅昌旺的脚步遍布白家庄矿南山的沟沟坎坎，这里的每一棵树他几乎都能叫出名字，说出来历。

为了移植一片侧柏，老傅从远处的苗圃刨出树苗，装入麻袋，一株株地搬运过来。一株侧柏连根带土少说也有八九十斤重，他移栽了五百多株，相当于把二十吨的货物搬运了一百五十公里。

…………

1998年春天，太原市万柏林区委、区政府在傅昌旺辛勤劳作的白家庄矿南山为他修筑了一块功德碑，并把这里命名为"昌旺林"。

这段有关傅昌旺的报道来源于 2008 年 3 月的《工人日报》。王辅成到山西之后，听山西省延安精神研究会的同志介绍了傅昌旺的事迹，又连夜阅读了媒体刊载的几篇报道。

让王辅成感到惊讶的是，1982 年 5 月，他作为天津市劳动模范在人民大会堂受到党和国家领导人接见时，傅昌旺也在受接见的人群中。那张大合影里清晰地留下了王辅成和傅昌旺的身影。这让王辅成激动不已，记忆一下子被拉回到 1982 年。那一年，他四十二岁。那是多么难忘的一年啊，正是在那一年他见到了吴运铎。那时的王辅成和傅昌旺，一个在教育系统每天自觉地从早七点工作至晚七点，一个在煤炭行业每天主动上两个班次。不同的岗位，相同的奉献，让从未有过交集的两位劳动模范在王辅成的宣讲台上产生了神奇的共鸣。王辅成认真地阅读着报道，记下大段文字，在山西的讲台上讲起了山西劳模的故事。

此刻的王辅成化身为一位思想深邃的朗读者，情绪饱满地叙述着傅昌旺的先进事迹。他的朗诵如诗如画，有情有景，对劳模的景仰，加上语文教师的深厚功底，令听众听得入迷，想得深远。一个个画面感极强的植树情景，犹如一面背景墙，映衬着傅昌旺的高大形象和崇高境界。

"劳模精神就是延安精神的体现。从这些老劳模的感人事迹中，我看到了他们自力更生、艰苦奋斗的创业精神和心怀人民的全心全意为人民服务的精神境界，他们用自己的一生诠释了新时代的延安精神。我知道，傅昌旺今年八十八岁了。虽然不能见到他，但我在这里向这位可敬的老人致敬！"说完，王辅成深鞠一躬。这一刻，雷鸣般的掌声响彻全场。

王辅成这种用身边楷模立德励志的方法收到了意想不到的效

果，山西的榜样感动了山西的听众老乡。傅昌旺的精神就像他倾心栽下的一棵棵树苗，在这一刻，深深地根植在了听众们的心田。

到了为这场两个小时的宣讲画句号的时候，王辅成用激昂的语调说道："毛泽东主席当年在井冈山曾经这样描述过我们的新中国：'它是站在海岸遥望海中已经看得见桅杆尖头了的一只航船，它是立于高山之巅远看东方已见光芒四射喷薄欲出的一轮朝日，它是躁动于母腹中的快要成熟了的一个婴儿。'在我们今天的新时代，习近平总书记说：'今天，我们比历史上任何时期都更接近中华民族伟大复兴的目标，比历史上任何时期都更有信心、有能力实现这个目标。'"

潮水般的掌声又一次响起，听众们不由自主地站起身来，向眼前的这位古稀老人致敬。

第三章　一粒种的力量

如果每个人做一点，每个人贡献一点，集合起来就是巨大的力量，也是巨大的贡献。

信他的理，听他的话

2009 年，山东泰安女生高一歌怀揣着青春的梦想，满怀朝气地走进天津大学校园，成为机械工程学院工业设计专业的一名新生。

大一生活往往是紧张感与新鲜感交织在一起的。对于高一歌来说，虽然一开始感觉有些应接不暇，但不久便发觉自己已渐入佳境，对周边环境从陌生到熟悉，日常课程学习从忙乱到从容，社团活动安排从繁杂到清晰。大二那一年，对课业内外的事务已经应对自如的高一歌经过深思熟虑，郑重地向党组织递交了入党申请书。

2010 年 10 月的一天，王辅成应天津大学邀请，前往该校的七里台校区，为机械工程学院的一百多名本、硕在读的入党积极分子宣讲党课。

高一歌准时走进阶梯教室，书包里装着一个笔记本和一本专业教材。根据她的经验，大多数党课的宣讲人都是照本宣科，或是打开课件读一遍，讲解内容雷同，听众收获甚微。如果今天这堂党课依然讲得那么枯燥，至少靠包里的那本专业教材还可以不负光阴。

大家陆续坐好后，距开讲时间还差两分钟时，在一片嘈杂声中，有人大声提醒,老师进来了!

老师稳步走上讲台。高一歌有些意外,怎么是位老先生?面庞清瘦,身材颀长,满头银发,腰板笔直。准时准点,老师开始讲课,一分不早,一分不晚,精准得好像是听到发令枪开始起跑。这位老师一开口,高一歌更觉出他的与众不同。他声音洪亮,话语掷地有声,双眼有神,演讲充满激情。通过主持人的介绍,高一歌知道了这位老师的名字叫王辅成,是天津师范大学的退休教师。

王老师说:"我今天演讲的题目是《当代大学生应该自觉牢固地树立正确的人生三观》。"王老师没有板书,也没有课件,甚至手中都没有一张纸,他就一直站在讲台上讲,这么宏大的主题,他却讲得平实生动,句句说到了高一歌的心里。

八年后的今天,高一歌已经记不清王老师当年那堂党课的具体词句,但她牢记在心的是听课时产生的那种情感上的共鸣,每一个事例都打动人心。王老师引经据典、洋洋洒洒,名言警句信手拈来,诗词歌赋激情朗诵,整场讲座充满了直通血脉的正能量,那里面有对党的忠诚信仰,对现实的理性批判,对学子们的殷殷期待,句句在理,字字戳心。在此之前,高一歌从没听过这样的讲座,在此之后,似乎也没有听到过。她的心灵被紧紧地攫住,她的思绪被深深地吸引,听到动情之处,泪水忍不住在眼中打转。

这一堂党课,满当当的教室里没有一个人早退、窃窃私语或接打电话。学生们都沉浸在一种纯净的升华之中,思想的火花跟随着王辅成的讲解而跳跃、绽放。他们发现,是王辅成的宣讲让他们重拾起似乎已经荒疏多年的情怀,让他们停下急促的脚步,认真思考生命的意义和价值的所在。

课后很久,高一歌的心绪仍然无法平静,这堂党课带给她的是未曾有过的思想触动和内心震撼,她总觉得心中有千言万语要表达出来。一个月后,高一歌在宿舍里写了一封诗一般优美的信——《您的话影响了我的人生——写给王辅成老师》。

王老师您好!很荣幸能告诉您我的感受,真的有许多话想对您说。

说真的,我从来没听过这样的一场报告。

本来以为党课是枯燥无聊的,可是从头到尾我没有一刻分心。

这一次是彻底被震撼和感动了。

听过许多人的演讲,可是没有一次像这样,

几次欲哭,

不只是因为高超的讲演水准,洪亮的声音,矍铄的神情,

更是因为真心、赤子之心,

每一句话都振聋发聩。

句句是谆谆教诲,

您对人生的感悟,对社会现状的痛心,对年轻人的殷殷期盼,

如同醍醐灌顶,给我强烈的冲击。

没错,

青年人要做思想者,

自己的肩上为什么要长着别人的脑袋。

我们应当担负起责任与义务,

风气如果坏下去,经济搞成功,又有什么意义。

吾日三省吾身,

人要活得明白,活的是自己。

听过您的一席话,我发现了我平时没有注意过,没有引起重视的问题,
也明确了我想走的路,并决定坚持我一直信守的人生观。
我不能说每一个听报告的人都有改变,
但是我起码可以肯定地讲,
您的话影响了我今后的人生。

以真心换真心,
这些都是我的真实感受,没有一丝虚假浮夸。
讲座结束以后非常想跟您聊一聊,聊一聊感悟与我的困扰,
可是我没有这样做,
因为我想我的路还是要自己走,
问题总要自己解决,
有些事情我终究会明白。

说什么都难以表达我的感激之情,
只能送给您我的祝福——
祝您寿比南山、幸福安康,
但愿有更多的人能听到您的慷慨激昂之词。

天津大学 2009 级本科生高一歌敬上

2010 年 11 月 2 日晚七点半

高一歌把这封信交给了辅导员刘岳老师,作为自己听完党课的

2018 年,王辅成在天津市和平区"五爱"教育阵地
夏令营开营仪式上演讲

感受。这封信连同其他同学写的心得体会，经辅导员整理后交给了王辅成。王辅成又转交给天津市延安精神研究会的内部刊物《民族魂》，刊物的编辑将高一歌的信刊发在了 2010 年第四期《民族魂》上。得知这个消息后，理工科出身的高一歌特别高兴，她将人生中第一次发表文学作品这件事作为青春的记忆，永远地珍藏在心底。

天津大学浓郁的学术气氛和活跃的校园生活滋养着高一歌，她一路成长着、成熟着。2011 年 5 月，她成为一名光荣的共产党员。入党宣誓时，她的脑海中回放着自己的成长经历，也闪现出王辅成老师那次讲课的情景——清瘦的身材，满头的银发，笔直的身板，还有对学生们的殷切期望。高一歌悄悄地在心里对自己，也对王老师说：我会走好人生之路，为党的事业贡献我的一生。

高一歌没想到的是，她和与自己仅有一面之缘的王辅成在日后会有更多的深入交流的机会。

2013 年 9 月，高一歌被天津大学保送，本科毕业后继续在工业设计专业攻读硕士学位。2014 年 9 月至 2015 年 6 月，她作为交换生远赴意大利都灵理工大学深造。

2015 年 4 月的一天上午，都灵晴空万里，高一歌正在宿舍里整理自己的作品，准备参加一项展览。这时，桌子上的手机响起了微信的提示音，高一歌没太在意，继续完善着作品细节。半小时后，高一歌拿起手机，看到了辅导员刘岳老师发来的微信，微信内容有些长，大意是：以前来学院讲过党课的王辅成老师在整理自己的讲课资料时，翻到了她当年写的那封信，王老师很激动，想通过刘岳找到高一歌同学聊一聊，看看当年听完党课之后对她的人生有什么影响。高一歌在意外之余，又有些惊喜。那年她听过王老师的党课后，了解到王辅成不仅德高望重，还是天津市道德模范。他怎么会想到我这样一个普通学生呢？刘岳老师留言说，希望高一歌在方便的时候给王老师回个电话,别让老人家总惦记这个事情。

高一歌看了看表,时差刚好合适,她拨通了王辅成的电话。

"喂,王辅成王老师吗？我是高一歌。"

"哦,高一歌同学,您好！我是王辅成。我以为您是男生呢,还以为高一歌是笔名呢。"

高一歌听到王老师的声音格外激动,连声说:"我想不到您会联系我。"

王辅成非常谦逊,先是为打扰了高一歌而道歉,继而问起了她的近况。

高一歌说:"我正在意大利都灵理工大学学习,在这里给国内打电话很便宜,您不用担心咱们交流时间的长短。"

王辅成说:"好！谢谢一歌同学。我重新读到你写的诗歌,心里很受感动。如果说我的一堂党课能给你和同学们带来一些收获,我就很高兴了。"

王辅成的声音亲切随和,吐字清楚,一如他讲课时。

"王老师,听过您的党课的转年我就入党了！"

"祝贺你！一歌同学,希望你振翅高翔,鹏程万里。"

接着,王辅成跟高一歌聊起了意大利的风土人情、著名城市、世界名人和历史掌故,特别是文艺复兴时期的作品,他如数家珍。高一歌忍不住问:"您这么熟悉都灵,是不是来过意大利呀？"王辅成的回答却是"从来没有",他不但没到过意大利,甚至从未走出过国门。高一歌有些不敢相信,王老师竟然比她这个在意大利生活了半年多的人更了解这个国家。她再一次暗暗钦佩老师的博学,得阅读多少书才能有这样的知识积淀啊。

王辅成说,他每天都在学习,古今中外、天文地理的知识都有所涉猎,而且每天都逼着自己背诵,不是阅读,而是背诵。他笑着说,这样做的好处是既积累了知识，又锻炼了智力，脑子是越用越灵光啊。

越洋电话足足通了三十分钟，古稀之年的老师的一席话，让一直为自己骄傲的高一歌有些自愧不如。她想知道，究竟是一种什么样的力量让这位长者在这个本该颐养天年的年纪仍然学习不止，仍然不懈求索，仍然初心不改地在一届届学生的心中播撒着爱、善良和真理的种子。

国外学成归来后，高一歌约好与辅导员刘岳和王辅成老师见面。2016年1月的一天下午，冬日的暖阳和煦地照耀着五大道，坐在一间茶馆里的师生分外亲切。此刻，距离那次党课已经有五年多的时间。那时的高一歌还是大二学生，青涩而迷茫，有些叛逆也有些懈怠，是王辅成老师的惊心之语让她忽然警醒，从而开始理性而深刻地思索人生。讲台上的王辅成出口成章，气势如虹；讲台下的王老师儒雅谦和，一如邻家长辈，俯下身去关切地询问孩子的近况。师生三人无比开心地聊了两个小时，高一歌这才知道，很多原本艰涩难懂的理论知识，王辅成都是先读懂、吃透、背诵下来，然后才讲给学生的；她还了解到，王辅成的全部假期都被用来读书和宣讲，外出旅游对于他来说是极为奢侈之举；她甚至还得知了王辅成的心愿，把一切献给党，活着为党奉献自己的生命，死后捐献自己的遗体。

听说高一歌毕业后准备报效家乡泰安，王辅成从包里掏出一个信封递给她，说："这是两千元钱，不多，请你收下。你在天津读书，就要回到家乡，这点钱是我的心意，祝你继续学习，一切顺利！"

高一歌的眼睛一下子湿润了，鼻子酸酸的，她忍了忍，没让自己哭出来。她早已注意到王老师朴素的衣着和那个已经起了毛边的黑书包，就是递过来的信封，也是别人寄给王老师的信函的旧信封。她连忙摆手，往后缩着身体，说："谢谢老师的心意，但这个钱我不能要，真的不能要。"

推托再三，高一歌都无法说服王辅成。老人的执拗和坚决让她不忍心拒绝。无奈之下，她只得收下这个代表着关爱和嘱托的信封。之后不久，高一歌就通过慈善基金会，以王辅成的名义用这笔钱助养了一名云南孤儿，帮助她读完初中。

把钱捐给更需要的人，令其发挥更大的价值，以此传承王辅成老师的信念，这正是高一歌的心愿。她毕业回到家乡后，受到王老师的影响，立志成为一个对社会有用处，对国家有贡献的人。在诸多选择面前，她最后决定也像王辅成一样做一名人民教师，把青春和热血献给学生，帮助他们幸福成长。高一歌报考了泰山学院并被顺利录用。2016 年 9 月入职的她用自己的勤勉努力和出色业绩，不仅在工业设计专业上颇有建树，还很快走上了工业设计教研室主任的岗位。

如今身处两个城市的高一歌和王辅成，虽然没再见面，但是微信成了他们思想的共享空间，师生二人常在这里交流得热火朝天。透过那些充满灵性的词句，高一歌看到，尽管老师年事已高，但是他不断输出的正能量没有变，他对党和学生的热爱没有变。

"怎么可能变呢？那是王老师生命的一部分啊！"高一歌这样总结自己的感受。

2017 年 10 月 15 日下午一点五十分，天津大学马列学院中共党史专业研究生龙凌云正坐在北洋园 1895 行政楼一楼的报告厅里，等待着一堂讲座的开始。

这场讲座是天津大学为一百多名新当选的学生党支部书记举办的，主讲人是王辅成。

龙凌云个子不高却很机敏，眼睛不大却很睿智，表情严肃却很乐观。他生长在贵州毕节一个闭塞贫苦的山村里，从他小时候起，父母就告诉他知识能够改变命运。他秉烛达旦地拼力苦读,成为村里的第一个高中生,第一个大学生,第一个研究生。大学期间,龙凌云入了党。大四那年,他圆了自己的从军梦,成为一名出类拔萃的特种兵。入伍前一晚,他站在宿舍里,对着挂在床上的镜子,整整练了一晚上敬礼。大熔炉里的三年时光,龙凌云一如既往地刻苦读书和训练,当他以一名优秀士兵的身份复员回到学校时,为了在思想上再上升一个层次,他考入了天津大学马列学院。

此刻,这个优秀的学生还不知道,人生的一系列积淀让他有机缘坐在天津大学这间课堂里,聆听即将改变他未来命运的党课。

一点五十七分,王辅成站到了讲台上,手边没有一页稿纸。亮闪闪的镜片后面,一双明亮和善的眼睛注视着会场。他正在思忖今天应该怎样来讲这一课。

同学们陆续到齐,安静有序。大屏幕定格显示的是演讲的主题——《活着树一面旗帜,倒下铸一座丰碑》。

两点整,王辅成准时开讲。

"同学们,我是王辅成。开讲之前,我想先问大家一个问题:作为一名共产党员,首先要回答好人生的一道必答题——人活着是为了什么?我给大家两分钟的时间思考一下,我希望听到你们的答案。"

坐在下面的同学,有的是带着电脑来的,有的是抱着教科书来的,还有的一直在手机上浏览网页。他们原准备在这堂课上开个小差,但听到王辅成的问题,都抬起了头,放下手里的事情,凝神思考起来。

活着是为了什么?还有比这更简单的问题吗?

沉默片刻,同学们纷纷说出答案:

"从哲学的角度说,活着是为了生活得更好。"

"为了生命有意义有价值,为了活得有尊严。"

"活着就是为了活着，现实一点说，活着是为了赚钱买房、买车，让自己和家人生活得舒适和安逸。"

…………

"好，谢谢同学们的答案，非常好。我是一名老党员，今年七十八岁，我的演讲原则始终是站着讲、脱稿讲、不计任何报酬地讲。如果让我来回答，我说：活着，那就是为了党、为了人民。"

学生们大多翘起嘴角，有的还呵呵地笑出声来。这样的表情不是嘲笑，而是带着些许质疑——这个答案未免太政治化了吧？

"我想先给大家讲一个寓言故事。"

同学们望着讲台，认真聆听。王辅成拿着话筒讲，语音清晰，词句流畅。挺拔的身躯像是固定在讲台上一样，没有一次来回走动。他靠的是声音和内容来吸引听众。

"有一个国王突发奇想，想看看人们面对困难时会怎样做。他悄悄命人在一条大家的必经之路上放了一块大石头。石头摆放得非常碍事，甚至挡住了去路。一个农夫走过来，看见石头，嘟囔了一句：'这么碍事的石头。'他绕开了。一名士兵走过来，也绕了过去。一连三天，经过这里的人虽然都对突然出现的大石头感到诧异，但谁也没有试图把它挪开。第四天，一个身体羸弱的年轻人从这里经过，他看见石头，停下脚步，心想，这块石头放在这里，人们需要绕道走，会耽误很多时间。他虽然力气小，但还是用尽全身力气挪动了石头。令他没想到的是，石头被挪开后，地下有一个信封。他打开信封，信中说，这块石头下面的一箱金子属于挪开石头的人。消息不胫而走，人们纷纷到这条路上来挖金子，其中就包括之前绕道走的那个农夫和士兵，但他们都一无所获。"

这时，原本有些松懈的学生纷纷挺直了腰板，他们的思绪已经被王辅成带进了故事的情境里。大家的专注鼓舞了王辅成，他顿了顿，接着说："同学们，不要小看这个寓言故事，它说明了一个道理。根据以往人们总结的内容，我又加入了我的一些看法，整理出来一百二十九个字。一百二十九，要尔久。尔，就是你们年轻一代。如果年轻一代记住这句话，并且照着去做，我们的国家就会世代长久。这一百二十九个字是：在我们的生活里，常常会碰到许多不期而遇但却需要我们必须立即主动承担起来的义务与责任，如果我们熟视无睹、无动于衷，如果我们选择了某种明察秋毫之末，但却不见舆薪的自欺欺人的冷漠的态度的话，我们就将失去许许多多锤炼、救赎乃至成功的机会，放弃与逃避的代价往往是无尽的失望与终身的懊悔。"

教室里已是鸦雀无声，学生们不再低头浏览网页或偷偷打盹，他们沉浸在这位老人的精彩演讲之中，内心像是被磁石吸住。

龙凌云在笔记本上飞速记下了王辅成一再强调的那段话。他从小到大一直成绩优异，而且记忆力超强，速记熟练，所以，同步且准确地记下这句话，对他来说不算难事。趁着王辅成给大家解释这段话的含义时，龙凌云迅速用笔尖点数了一下字数，一百二十八个字，他再数一遍，还是一百二十八个字。

这时，自信的龙凌云举手示意。

王辅成请他起立。

龙凌云说："不好意思，王老师，打断您一下，我数了一下您刚才说的话的字数，是一百二十八个字，不是一百二十九个字。"

同学们哄笑起来。这么较真啊！一百二十八个字和一百二十九个字能有多大不同？

王辅成却变得严肃起来："好，感谢这位同学这么认真地听讲。我相信你的速记和记忆力很好。你能现场记住一百二十八个字已属不易。我重新说一遍，咱们再重新数一下，看看到底是一百二十八个字还是一百二十九个字。"

王辅成又重复了一遍这段话。这段话是他多年研读文献、揣摩经典之后，加入自己的见解提炼出来的。每一个字都打磨过多少次，怎么会数错呢？

对文字极其敏感的两代人，因为这一字之差，在课堂上较起真来。

在王辅成重复的同时，同学们也都在跟着数字数。最终结果依然是一百二十九个字，是龙凌云少记了一个"了"字。

同学们鼓起掌来，为王辅成的精确，也为龙凌云的认真。

王辅成善意地笑了，龙凌云不好意思地笑了，同学们用敬佩的目光注视着王辅成，也都会心地笑了。

王辅成接着引用了习近平总书记 2014 年 5 月 4 日在北京大学考察时强调的一段话："青年的价值取向决定了未来整个社会的价值取向，而青年又处在价值观形成和确立的时期，抓好这一时期的价值观养成十分重要。这就像穿衣服扣扣子一样，如果第一粒扣子扣错了，剩余的扣子都会扣错。人生的扣子从一开始就要扣好。"

一字不差。

大家不由自主地又一次鼓掌。

王辅成又举了几个大学生求职成功和失败的实例，来阐述自己对青年人处事方式的一些看法。

一千多场讲座锤炼出王辅成的机敏应变和信手拈来。他的几十种腹稿，犹如组合模块，能够随意编排，自由搭配，随时都在根据听众的反应和互动应变发挥。这个谦和的老人一旦走上讲台，就如踏入无人之境，那些积蓄多年的知识会恰到好处地自然流出。他旁征博引，没有一个垫字，没有一句赘语。他无须停顿，行云流水般传递出来的都是不折不扣的正能量。

他说，要终生牢记入党誓言，并以此作为人生路上的航标。

他说，要像雷锋同志那样，自己活着，就是为了使别人过得更美好。

他说，有一种奉献是捧着一颗心来，不带半根草去。有一种境界是人民第一、他人第二，自己永远第三。

他说，有一种信仰是活着树一面旗帜，倒下铸一座丰碑。

他说，同学们要争做"六大楷模"，以"争做信仰的楷模"为根本，以"争做学习的楷模"为前提，以"争做修德的楷模"为基础，以"争做法纪的楷模"为保证，以"争做奉献的楷模"为核心，以"争做创新的楷模"为关键。

他说，我会用自己全部的生命和实际行动去帮助广大青年"扣好人生的第一粒扣子"。

那天，这堂党课延时结束。虽然拖了堂，但学生们还是意犹未尽，他们见证了一位老共产党员的情操，同时也清晰地认识到原来楷模的形象可以如此的真实而鲜活。

党课结束前，王辅成看着台下的同学们，说："刚才那位提出问题的同学，我能结识你吗？你的认真让我很感动。"

龙凌云从座位上站起身来，稍显局促的他一时不知该如何回答这位令人敬仰的长者。沉默片刻，他说："我叫龙凌云，来自贵州山区，是马列学院的研究生。您的课给我的印象太深刻了，我希望今后在学习中能够得到您的指点。"

王辅成点点头说："龙凌云同学，你是我遇到的非常认真的学生之一。我奖励你一千元钱。你不要推辞，帮助年轻人是我一贯的准则。"

"哇！一千元！"同学们不由自主地低声惊呼着鼓起掌来。

龙凌云呆立在那里，面颊通红。他连连摆手："不要不要，王老师，我怎么能要您的钱！"

"我一诺千金。下课你来找我。"王辅成下课前说了这句话。

在同学们热烈的掌声中，王辅成结束了这次宣讲。

课后，龙凌云有些腼腆地走到王辅成身边。

"王老师，您的演讲对我触动很大，但您奖励我的钱我不能要，谢谢您的心意。"

"龙同学，我在台上说了要奖励给你，我一诺千金。你很优秀，值得奖励。请你不要推辞。"

"王老师，您的年纪和我爷爷一样大，我真的不能要您的钱。您给我，我也会捐出去的。"

"龙同学，这是我的心意，收下吧！"王辅成语气坚决，"送给你是我的心愿。我遇到其他优秀的同学，同样也会奖励他们的。至于怎么去用这笔钱，由你自己决定，我相信一定会用得很有意义的。"

龙凌云不再推辞，收下了王辅成的这份沉甸甸的心意。然后，他请辅导员将这笔钱通过学生会转交给学校里生活有困难的同学。他忽然觉得，通过自己的手，将一位老共产党员的心意传递出去，去做更加有意义的事，这让他得到的是远远高于一千元的无法计量的精神财富。

当天晚上，龙凌云久久不能平静，他在网上搜索到了许多媒体对王辅成的报道，王老师讲座时的一段段精彩话语又重现耳畔，他趴在床头这样记下了当天的日记：

　　其实，真正打动我的不仅仅是讲课的内容，而是他以实际行动来诠释作为一个共产党员应该做什么，不应该做什么，人活着是为了什么，我们的初心是什么。我想这是打动我的地方，共产党员要一辈子对党忠诚，不是一阵子！一个人做一件好事很容易，但是一辈子坚持做好事却很难。今年，王老师七十八岁，已经坚持脱稿讲、站着讲、不计费用讲三观上千场，几乎每一场宣讲都是自己坐地铁、挤公交，从来不计较个人得失。他用自己的实际行动来诠释这个问题的答案，他把一切献给党，一切不仅仅是身体，还有精神，还有灵魂。人生在世最大的恐惧莫过于死亡，这是不可避免的，而伴随着死亡的到来，则是绝对的虚无——你所拥有的，全部都要放弃；你所留恋的，全部都要告别；你所喜爱的，全部都要消失。王老师在课堂上不避谈生死，他说，他几次更改遗嘱，"活着奉献生命，死后要把身体全部捐献给医疗事业，以一副骨架为人民站好最后一班岗"。这真正体现了一名老共产党员不畏生死的本色。

他身上体现出的党性的光辉，让我们很多青年人将这样的价值观内化于心、外化于形，为我们今后的路指明方向，会让暗淡无光、颓废沮丧的人生变得熠熠生辉。我想如果没有这样的一个榜样去引导，我们这些年轻人会走得慢、走弯路，甚至走错路。相反有这样的楷模作为精神指引，我们就可以跟上时代的步伐，做有责任、有使命担当的时代新人。

因为这一次党课，我有幸认识了这位平凡的老人，他的"活着树一面旗帜，倒下铸一座丰碑"的座右铭，也将成为我人生的最大追求。作为新时代的青年，感恩王老师这样的榜样激励着我，他对工作的极端负责任，对同志对人民的极端热忱实在令我感动，我们都要学习他毫不利己专门利人的奉献精神。作为一名退役大学生士兵，一名研究生，我的人生舞台会不断发生变化，但是为人民服务的本色永远不会变。

从那以后，只要有时间，龙凌云就会追随王辅成的脚步，去聆听他在其他高校的讲座。他一边学习，一边梳理和沉淀着自己的思想。

在这样的熏陶之下，他做出了一个郑重的决定——硕士毕业后去报考西藏、四川等边远山区的公务员，他坚定地说："在我们祖国精准扶贫这个大工程里，我要做一个脚踏实地的小分子。"

二十二年前，二十岁的李鹏从学校毕业后成了一名警察。性格略显内向的他，文笔与书法俱佳。走进橄榄林本非他的梦想，与他的性格似乎也相去甚远，但机缘巧合，经过一轮轮的严格筛选，他最终走进了公安队伍。

李鹏印象中的警察形象还停留在电影《今天我休息》里那个夹着户籍册走家串户的马天民身上。

进了警营后李鹏才知道，马天民的工作状态和他眼前要面对的是天地之遥。

步入警察队伍后整整三年，李鹏一直在接受着严格而艰苦的军事化训练。他所在的天津市公安局和平分局巡特警支队，担负着警务工作中十分危险的任务，对民警体能、业务素质的要求都很严苛。每隔四天值一个二十四小时的班，之后再连续工作八个小时。每天的日程除了吃饭和休息，就是训练再训练。漆黑的夜晚，纷飞的大雪中或是滂沱的大雨中，夏季午后炎炎的烈日下，李鹏和同事们都要雷打不动地训练，训练内容更是令人瞠目——

携带二十斤装备的五公里武装越野跑，需要在二十二分钟内跑完全程；

两千米游泳，三十分钟内完成；

四层楼外檐攀爬至顶层须少于十二秒；

摔跤竟有上百种技巧，不仅考验气力，还要熟练掌握方法……

很长一段时间里，日复一日的训练让李鹏觉得枯燥甚至疑惑，在这个安全稳定的城市中，我的训练什么时候才能派上用场？这样傻练好像不是在做警察,而是成了专业运动员。

　　警营里的李鹏觉得未来一片迷茫,但他不知道该如何破解这个难题,更不知道该怎样去面对未来。

　　因为喜欢写作,李鹏常被领导点名给队里写些新闻报道。很快他便凭借自己的才华,被留在科室专司对外宣传。从此,摸惯了训练器械的他开始和各类报刊交上了朋友。他拿出越野跑的劲头,逼着自己读书看报,多写多练。从 1999 年开始,他就留意到《天津日报》《今晚报》等媒体上常有王辅成的事迹。那时的王辅成已经义务开展了一百多场世界观、人生观、价值观讲座,整日奔走在前往高校和社区讲堂的路上。对于王辅成的奉献之举,李鹏并不是特别理解,他想不明白究竟是一种什么样的动力让王辅成醉心于这些既无利可图又未必人人爱听的演讲?

　　好奇心驱使着李鹏开始在纸上研究王辅成,他搜集到王辅成在大学、社区宣讲的相关媒体报道,期待从中找到答案。那些听众代表在接受记者采访时大都提到王老师的三观演讲引领着社会新风尚,让人明白了活着的意义和怎样活出自己精彩的人生。李鹏内心的天平在不知不觉中倾斜了,从疑惑转向了敬佩,又由敬佩生发出信服。他将报纸上介绍王辅成事迹的重要字句都摘抄下来——王辅成说,青年人要把好人生的三观,未来的路才会更直更远;王辅成说,人的生命有限,但精神无限;王辅成说,要把自己的一切献给党。这个时候王辅成已经在李鹏的心中立起了一根标杆。

　　李鹏第一次如此认真地思索自己的人生之路:人活着究竟是为了什么?为了名利,还是为了实现自身的价值,让自己的一生活得更有意义?

　　这样的思考让李鹏如梦初醒。他在思考中得出属于自己的答案。

　　他在想他的三观是什么, 自己以及和自己同龄的当代青年人的三观又是什么，这一代人需要确定怎样的人生目标和方向？工作之余，这些思索让李鹏的思想有了不一样的重量和厚度，他仿佛看到满天乌云中露出了一点点光亮的罅隙，他顺着这光亮一步步向前寻找，他想，那个答案一定在不远处等着他。

1989年3月18日，全国第一个"社区服务志愿者协会"在天津市和平区新兴街朝阳里社区成立。这个社区属于公安和平分局管辖。李鹏经常和同事到这里巡逻，他也作为宣传干部多次陪同记者到这里采访"平安社区、平安和平"的亮点举措，对这里的每一个角落都熟稔于心。

"社区服务志愿者协会"成立十周年时，和平区为加大志愿者服务宣传力度，邀请王辅成作为志愿者在社区进行宣讲，而此时李鹏和同事正在社区周边巡逻。他们以不同的方式守护着城市的和平与安宁。后来李鹏从媒体报道中得知，好几次他都和王辅成在相当接近的地点和时间擦肩而过。

2001年，李鹏加入了中国共产党，对党史有了更强烈的学习和研究的愿望。虽然始终没能当面聆听教诲，但他一直关注着身边的楷模王辅成。在王辅成的启迪和感召下，李鹏用手中的笔将和平分局一大批先进集体和民警公正执法、一心为民的先进事迹宣传出去，让百姓更加信任和理解公安工作。其中，民警杨军三十年匿名捐款扶困助残，帮助社区残疾人李树园一家的故事被挖掘出来以后，在社会上广为传播，杨军还因此登上了2016年7月的"中国好人榜"。

杨军和王辅成作为"中国好人"、道德模范，共同参加了许多社会活动，李鹏在整理那些活动照片时，终于见到了神采奕奕的王辅成。李鹏对自己说，虽然这算不上真正的见面，但我认识他，他的精神引导着我热爱党，热爱生活，热爱工作，热爱身边美好的一切。

2012 年 10 月，王辅成在天津师范大学体育馆为师生们进行演讲

在《每日新报》举办的 2012 年度慈善书法笔会中，李鹏的书法作品《腹有诗书气自华》和多幅兰花小品被参会者购入，他自己还获得了天津市民政局和《每日新报》联合授予的"爱心大使"称号。

2013 年，李鹏组织书画家走进天津志愿者劳模分会，现场挥毫泼墨，将作品赠给津门老劳模们，以此向这些为城市建设和发展倾尽心力的功臣们致敬。劳模分会颁发给李鹏的荣誉证书上写道："赠书劳模添寿喜，携手共建新天津。"

类似的称号李鹏还获得过很多，但他对此并不十分在意，他享受的是在帮助他人的过程中生发的幸福感和成就感。他知道，那是一粒美丽的种子在发芽，这粒种子在二十多年前，由王辅成种在了他的心里。今天，他可以骄傲地说："做公益，我和您在一起。王老师，感谢您！"

"立体"王辅成

张玥的办公桌上，又一次堆满了学生们的入党申请书。她习惯性地翻阅了摆在上面的十几本，找寻着一些她再熟悉不过的字句。这些年，这个习惯是她心里的秘密，每次浏览后，她都会欣慰地微微上扬嘴角——果然不出所料。

张玥是天津师范大学文学院党委副书记，分管文学院的党务工作。学生中的入党积极分子被列为发展对象后，张玥都会请王辅成来给他们上一堂党课。她发现几乎所有的同学都会在一千五百字左右的入党志愿书里写上王辅成的党课对自己的影响。这种表述连续几年无一例外。同学们发自肺腑地说，王老师的党课直击心田。

直击心田，这也是张玥的感受。

作为老师，她也有过担心。王辅成是个严肃认真的人，课堂上不苟言笑。他的演讲方式较为传统,与那些讲课轻松幽默、风格亲和的老师有着鲜明的对照。这样的讲课方式能否被现在的大学生接受呢?

最终的效果证明了她的担心是多余的。学生们不仅爱听王辅成的课,还会口口相传,并在班会上讨论,甚至在宿舍熄灯后的"卧谈会"上,还会复述王辅成在课堂上讲过的故事。

同学们说,听王辅成老师讲课,感触最深的是他的说到做到。

他能背诵下来大段的、艰涩难懂的文章,我们谁也比不上他。

他上课从不迟到,也不拖堂,他认为守时是对他人最基本的尊重。

他做事的时候一直在为他人着想。

他的身教胜于言教,大学生们是发自内心地佩服。

大家说,听过王老师的课,忽然感觉有了目标,目标就是成为王老师那样的人。

二十五年来,天津师范大学数以万计的师生都听过王辅成的宣讲,虽然每个人的收获会有所不同,但有一点感受是高度一致的,那就是有意义的人生要从摆正三观开始。

王辅成说,《马克思恩格斯全集》艰涩难懂吧,你每天坚持读十页,十年怎么也读完了。读过之后,你必定有所收获。有的同学就这样坚持读了下去。

王辅成说,古文不容易背诵,还容易遗忘,但你如果经常重复记忆,就能长久记住不会遗忘,我就是这么做到的。

王辅成说,我这样一场一场讲下去,一直坚持着,听众哪怕发觉到一个观点、一句话对自己有影响,我就觉得值!

王辅成多次宣讲的题目都是《把一切献给党》。献出什么呢?听课前,大多数人都有这样的疑问,似乎接下来要谈的是些虚幻的或者缺乏实质性的内容。

王老师告诉同学们，无论你是多么普通的一名党员，多么普通的一个人，都可以为这个国家做出很多很多贡献。你可以通过好好学习，将我们国家的传统经典传承下去；你有一个好的品德，可以滋养自己，滋养家人，也可以通过你的交往，滋养身边的人；你可以把你的才学展现出来，用文字表达你的内心，使读到的人得到启迪；你也可以尽自己所能去帮助别人，关心别人，让每个家庭、每个集体，继而让整个社会都萦绕着一种积极向上的气息。这些都是小事，需要的是你们的举手之劳。但如果每个人都做一点，每个人都贡献一点，集合起来就是巨大的力量，也是巨大的贡献。

王辅成的讲座就是这样从无形到有形，从抽象到实际。学生们不仅爱听，还能付诸实践。

张玥对王辅成的评价是："他是真学，真懂，真做。"

当今社会在向多元化和复杂化转变的同时，也锻炼着大学生们的独立思考能力，他们非常希望摆脱思想束缚，王辅成传递的信息能否给他们以启迪呢？答案是肯定的。每一场讲座，王辅成都是凭借自己的观点引导学生们向正确的方向思考。比如，社会上发生了某个事件，网上怎么说，周围人怎么看待，学生自己又怎么认为，王辅成会将各种信息一一摆出来，不强加，不说教，而是采用辩证的方法分析不同观点，讲明利害关系，让学生自己去分辨是非，然后找到正确的答案。每堂课上，王辅成都会和大家一起探讨，也许观点不同，也许论证方向不一致，但这种方法恰恰培养了学生们既坚持原则又兼收并蓄的定力和胸怀。

演讲时的王辅成语气平和，娓娓道来，少有情绪激动的时候，但也有例外。在一场讲座中，他讲到社会上的一些不良现象和思潮时，忧心忡忡，语气沉重。他对学生们说："我不回避社会上存在的问题和弊端，也不回避党员中有落后人员或者触犯刑法的人员，但我特别想让你们知道，国家在发展中会遇到问题和难点，我们的党会自我更新、纠错和提升，我们的国家正是这样一步步往高处走、往好处走。正视问题所在，解决它，才是关键。回避问题是缺乏自信的表现，那也不是中国共产党人的风格。"

在张玥的眼里，王辅成是个极平凡的人，走在路上，与一位个子瘦高、穿着朴素的邻家爷爷无异，不笑的时候很严肃，笑的时候像个孩子。他活得简单而充实，没有任何架子，也没有任何光环。

在张玥的记忆里，讲党课从来不要求接送的王辅成仅有一次例外。

那天的讲座安排在下午。中午时，王辅成给张玥打来电话，问能不能派人去接他一下，还特地强调就这一次。张玥感到很奇怪，和王老师合作十年了，从没有出现过这种情况。她来不及多想，赶紧让学院的李老师开车跑一趟。

李老师刚到王辅成家附近，见他已等在路边，微微佝偻着腰，一手提着一只无纺布提袋，一手撑在身后护着腰部，身姿不似往日那样挺拔。

"麻烦您来接我！我的腰疼病犯了，走远路比较费劲。"一见面王辅成就不好意思地说。李老师将他扶上车，他坐在后座上，变了几次坐姿还是觉得难受。李老师迟疑着不忍关上车门，心疼地问："您也不告诉我们您腰疼病犯了，要不我和学校说一声，咱们改个时间，您今天就别去了。""不行不行，"王辅成直摆手，"说好的事情，不能爽约。咱们走吧！"

李老师一路上小心翼翼地开着车，遇到坑洼之处，他把车速降到最低。尽管如此，他还是从后视镜里看到王老师脸上因为轻微颠簸而露出的痛苦表情。

到了学校，王辅成用了好几分钟才挪下车来。上前搀扶他的张玥心疼地埋怨着："您提前告诉我一声，咱们改个时间就行。您这腰疼病犯得这么厉害，要不就别坚持了？"

"既然来了，就一定要讲，不能耽误同学们的时间。"

"那您这次就坐着讲吧。"

"还是站着吧。脱稿讲、站着讲、不计报酬讲是我的规矩。我不能坏了我自己定的规矩。"

王辅成固执地坚持着。张玥想把他扶上讲台，被他拒绝了，他摆着手说："我自己行。"

站在讲台上的王辅成立刻找回了精神抖擞的状态，时而平静讲述，时而吟咏经典，时而忧心忡忡，时而激情澎湃，一如他往日展现出来的风采。坐在下面的张玥一开始还担心王老师不能坚持下来，但是听着他渐入佳境的讲述，她已经全然忘记了王老师来时的状态。

王辅成沉浸在他的演讲世界里。他忘记了腰部的疼痛，甚至忽略了身边的一切，他的眼里只有台下的学生，他的脑海里只有那些精心准备的内容。

两个小时的讲座准时结束，当同学们渐渐散去后，王辅成用双臂撑住讲桌，支起上半身，先是慢慢活动了一下左腿，接着微微抬起右腿轻轻转动着脚踝，然后尝试着站定，过了好一会儿，他才松开双臂，挪动着已经僵直的双脚。刚刚过去的两个小时，他的双脚没有变换过丝毫位置。这时的他才觉出疲惫，后腰的疼痛一阵猛似一阵地袭来，但他还是微笑着，对张玥和她的同事轻描淡写地说："我没事，缓一下就好。"

"同学们，你们看过《共产党宣言》吗？如果没有读过，一定要去读一读。那是一篇美文啊！"

听到讲台上的王辅成加重语气说出这句话，座位上的陈曦不禁一惊。"《共产党宣言》是一篇美文",他还是第一次听到这样的评价。陈曦还没有一字一句地读过《共产党宣言》,在他的印象中,这个宣言一定是一篇特别高大上并且艰涩难懂的文章。

"一个幽灵,共产主义的幽灵,在欧洲游荡。为了对这个幽灵进行神圣的围剿,旧欧洲的一切势力,教皇和沙皇、梅特涅和基佐、法国的激进派和德国的警察,都联合起来了……"

王辅成满怀激情地背诵着《共产党宣言》的开篇。

这是 2010 年 10 月里的一天,在天津师范大学的礼堂里,新一届学生预备党员培训班准备开讲,文学院大一新生陈曦拿着笔记本坐在台下。陈曦在天津杨村一中读高中时,因为品学兼优,被列为党员发展对象。成为预备党员后,他需要在大学里再次参加预备党员培训班,学习政治理论,提升党性修养。

这是陈曦第一次听王辅成老师的讲座。在此之前,他听学长们说起过这位在学校里相当有名的退休教师。每个师大学生都听他讲过党课,很多人还听过不止一次。学长们说,王老师的讲座让他们百听不厌。

党课会百听不厌?

王辅成的开篇就让陈曦有了一种与以往不同的感觉。

王辅成以《共产党宣言》开篇,与陈曦印象中的党课完全不一样。"《共产党宣言》这部一百多年前诞生的经典政治文献,不仅是一部对共产党员最具影响力的学术书籍,更是一篇美文。同学们,你们如果去读了,会从中读到真理,读出信仰,读出追求,更会读出世界之美,精神之美,人性之美。"

作为文科生,陈曦强于记忆,但他想不到一位古稀老人会声音洪亮地将最新的中央文件和经典理论著作一篇篇背诵下来,那极富感染力的吟诵,能让听众立即产生去阅读原文的冲动。王辅成总能给听众的耳朵带去惊喜，也总能让听众的大脑活跃起来。他对于一堂宣讲课的内容衔接、资料筛选与节奏设计早已到了炉火纯青的地步。有时他会以鲁迅先生的名言引路，导入对最新中央文件精神的解读，有时他会以接受提问的方式与青年党员进行互动，这样灵活安排的结果就是他的每一节党课都会无比生动。

王辅成在讲台上富有激情地大段背诵时全场鸦雀无声，与之后的掌声雷动形成鲜明对比，这成了陈曦脑海中挥之不去的难忘场景。

正是这次讲座改变了陈曦对于合格党员标准的看法，也改变了他的人生轨迹。

在接下来的大学时光里，陈曦又有几次机会聆听了王辅成的讲座。有的是三观专题讲座，有的是党的理论研读，有的是解析青年人的思想困惑。因为主题不同，王辅成选取的事例也不一样。望着讲台上这位不知疲倦的可敬长者，陈曦不明白，他怎么会有如此广博的知识面和超强的记忆力？

陈曦从老师和同学们的只言片语中逐渐了解到王辅成的一个个侧面，他对党性的至高要求，他对有志青年的全情帮扶，他简朴的生活作风，等等，这些碎片式的描述为陈曦拼凑出一个有血有肉的优秀党员的高大形象。如果说董存瑞、焦裕禄等对于他们这一代人还只是从书本上认识的英雄，那么这位为党的环卫和教育事业奉献一生，甚至立下遗嘱将遗体也要做成一件教具捐献给科研单位的王老师，则是一把活生生的标尺，一个近距离的、身边的英雄。

王辅成是个"超人"——在同学们宿舍的"卧谈会"上，大家一致这样认为。

一颗种子的萌发或许会让身边的无数颗种子破土，在王辅成的精神感召下，陈曦身边的一批学生党员自发地组成了写文章、编书籍、提升素养的小团体，还创办了学生会党支部刊物《旗帜》。他们无怨无悔地为同学们服务，精神的力量让他们的内心感受到了从未有过的充实。

陈曦是学生会主席，日常事务琐碎，可他总能有条不紊地将这些事安排好，还组织入党积极分子去养老院、福利院，为孤寡老人和孤儿们送去温暖。学生党员们在此过程中明白了一个深刻的道理——党的理论并不高深，只要有一颗全心全意为人民服务的心，就能成为党的理论和宗旨的最坚定、最合格的践行者。

大三那年，陈曦带领学生干部再次聆听王老师的讲座时，忽然意识到："虽然我们个人的力量小，但也是可以为祖国、为母校、为身边的人做一些力所能及的事情的。不开始行动，永远不知道自己的能量有多大。"

经过深思熟虑，陈曦放弃了已经实习了很久的一家相当不错的单位，向学校申请了研究生支教团计划，选择读研并决定拿出一年的时间去西部支教。

2014年，经过层层选拔，陈曦远赴甘肃定西常川村天津师范大学希望学校做了一名支教教师。当他第一次见到那个建在山腰上的学校时，孩子们天真质朴的笑脸让他的内心涌出了一种震撼，更让他坚定了最初的选择——用并不长的一年时间做一件终生难忘的事。

与大都市的繁华惬意相比，这里艰苦得仿佛属于另一个世界。恶劣的环境并没有消磨陈曦和其他六名支教教师的热情，他们拧成一股绳与各种困难博弈，在保质保量地完成了教学任务后，还利用网络为孩子们募捐生活用品，促一对一助学结对，建起藏书超过四百本的优质图书库，指导孩子们写文章、观察大自然……无论是阳光下的追逐，还是月光下的坚守，都让陈曦享受到一种从未体验过的快乐。

2015 年，陈曦当选为第三届"感动师大"人物。得知这个消息的他，内心骄傲而又矛盾，骄傲的是大家对西部教育的关注和对他工作的肯定，矛盾的是他觉得自己做得还远远不够，没有资格代表十余届数百名师大支教人去领取那个沉甸甸的奖杯。颁奖典礼上，陈曦在讲述西部孩子的生活状况时，情不自禁地泪洒舞台，他多么希望祖国西部能够因为每一个中国人的关注和努力而变得越来越好，因为，个人的力量有时候的确是那么的有限。

虽然陈曦在支教结束后回到了天津，但他对西部的关注反而与日俱增起来。甘肃、新疆、重庆，都有他们建立的定点帮扶学校，将东部地区爱心人士的善款和助学金发放到急需帮助的孩子们手中，那些烦琐的统计和联络工作已然成为陈曦生活的一部分。陈曦想，只要不放弃就能不断汇集力量，这也是王辅成老师传递给他的火炬，他也要像王老师那样做好新一代的点灯人，将这光芒播撒到更广阔的天地中。

在陈曦的心中，王辅成是那种"大道低回，大味必淡"之人，也是一位不折不扣的贤者，因忠诚而得其贤，因无私而得其贤，因坦荡而得其贤。

2018 年 4 月 18 日中午，天津师范大学马列学院研究生马超刚刚走进地铁三号线营口道站，就远远地看见了一个熟悉的身影。依旧是那么的高大瘦削，依旧身穿驼色长风衣，依旧手提黑色文件袋，那不是王辅成老师吗？

马超正想上前打招呼，地铁便呼啸着进了站。王辅成上了车，因为是中午，车上空座很多，他就坐下来，一刻也没耽误地从提袋里掏出一个笔记本。马超与王辅成隔着几米，他看不清王辅成笔记本上的文字，但能看到上面画着的红红绿绿的记号。他知道，王老师一定是在去给哪个单位讲课的路上。因为按照他的习惯，讲课的路上是他备课的时间。虽然类似的讲座他已经讲过上千场，那些材料早就融进了他的血脉，但他还是要看一看提纲才踏实。

马超决定不去打扰王老师，他要把地铁里的这段宝贵时光留给王老师。

马超对王辅成老师实在是太熟悉了。2011年初夏，填报高考志愿时，他毫不犹豫地填报了心仪的天津师范大学思想政治理论专业。入学的第一堂课，就是倾听王辅成老师给全校新生宣讲的《思考在远航的帆影下》。从本科生到研究生，再到2018年硕士毕业留校成为辅导员，马超已经听过很多次王老师的课。奇怪的是，每一次倾听之后，他都期待着下一次讲座早日到来。因为王老师的讲座总有新的内容，而新的内容又通过新的观点、新的视角得以论证。王辅成的课让马超感觉到理论不再是枯燥的理论，而是通过实例体现出来的能学、能用、能践行的具体操作。同样的书籍和文件，王辅成的理解和诠释总会比青年人更高、更深一层。

马超从上小学起就想当老师，中学时的理想依然是当老师，而且更加明确和迫切。因为他的初中、高中政治老师都是既具思想深度又有亲和力的好老师，所以他的理想就是成为一名像他们那样的政治老师。定下这个目标后，他就一直在为这个理想而努力。

王辅成曾经说过，宣讲马列主义的思想政治课，要让学生抬起头来，跟着老师走，讲课内容要精心准备，讲出来要让学生能够接受，能够听懂，能够应用，也就是真正做到学马、信马、讲马、行马。

大二那年，马超投入了党组织的怀抱，不久，他被推举为学生党支部书记。几年来，他培养并最终发展成为预备党员的学生超过了一百人。

在一次座谈会上，马超分享了他学习习近平总书记《在北京大学师生座谈会上的讲话》的体会。他发言的题目是《心中有马、口中言马、行中见马，争做马克思主义理论坚定信仰者、忠实传播者、模范践行者》。

这是一次书面发言，每一个词句都倾注着马超的真情实感。他通过条理清晰的三个方面，全景展现了他这些年追寻马克思主义真谛的探索之旅。没有分毫拔高，平实之中见精神；皆是朴素情感，信仰之下探初心：

昨天通过《新闻联播》的报道，我初步学习了习近平总书记考察北京大学时的一系列重要讲话。今天，我又通过阅读《人民日报》认真学习了习近平总书记《在北京大学师生座谈会上的讲话》全文。可以说，学习越深入，感觉心中越激动；学习越深入，感觉肩头的责任越厚重；学习越深入，感觉青年的使命越光荣。我想从三个方面结合自身的成长经历来谈一谈我学习总书记讲话的体会。

一、七年之约，不忘学马初心

习近平总书记在考察北京大学马克思主义学院时，问了学生这样的问题："为什么选择马克思主义专业？学习这个专业有什么收获？"作为马克思主义理论相关专业的学生，我想这是我们无法回避的问题，因为这就是我们的初心。在填报高考志愿时，思想政治教育专业被我放在了第一个，因为我的志向就是做一名像我的政治老师一样的优秀教师。当时许多人并不理解我，认为我选错了专业，进错了门，因为大家对思想政治教育专业抱有晦涩、枯燥的刻板印象。但是，从七年前入学的那一刻开始，我就朝着成为一名优秀的思想政治工作者的目标不懈奋斗，我要用我的实际行动去做一名马克思主义理论的坚定信仰者、忠实传播者。

我想，如果让我来回答总书记的这个问题，我一定会说：马克思主义理论有着独特的真理光芒，它教会我洞悉世界、洞悉人生、洞悉自我。选择这个专业，因为我热爱这个科学的理论，愿意做它的信仰者、传播者、践行者。我想这也是我学马的初心。

二、立志勤学，追寻信马力量

作为一名马克思主义理论相关专业的学生，对马克思主义的坚定信仰是在对一部部经典、一篇篇文献的阅读与思考过程中逐渐建立并扎根心中的。一个观点、一个理论，只有深入了解并研究过后，我们才有资格评判其优劣，评价其先进还是落后。七年求学生涯，屡获奖学金，多次参加科研论文大赛，这都是我在理论学习的道路上不断求索的写照。

当然我也深知，信马不应局限于马克思主义的科学理论，还应在学习、生活、工作中不断地检验科学理论的实践力量。从院学生会主席、党支部书记到兼职本科生辅导员，学生干部的经历让我与学生思想政治教育有了与求学生涯相同时长的亲密接触。十八大知识竞赛、"诚信课堂"主题班会、"两学一做"系列微党课、参与制作"习近平用典"系列书签等，一次次思想政治教育活动实践无不彰显着马克思主义的真理光芒，也让我享受着作为一名学生思想政治工作者的幸福与骄傲。

三、厚积薄发，积蓄讲马底气

七年求学经历，不断地学习、不断地实践，不断地总结、不断地反思，我的心中种下了马克思主义的种子，我更想把我心中的种子播撒到更多同学的心中，把马克思主义的真理力量传递给更多的人。2015年，我代表学校参加了天津市大学生思政公开课大赛，在李朝阳老师的指导下，我一举夺得一等奖第一名和"最具理论深度公开课奖"两个重磅大奖。决赛中，我运用马克思主义哲学中历史唯物主义的视角和分析方法驳斥了网络上有关抗日战争的错误言论。当我的授课结束时,在场的全体观众自发地爆发出长时间的热烈掌声,那一刻,我更加明白了肩头的责任。

不忘初心,这是讲马的志向;去伪求真,这是讲马的底气;与时俱进,这是讲马的灵魂;知行合一,这是讲马的归宿。

2016年和2017年,我牵头负责承办了两届校级大学生思政公开课大赛,带动数百名同学参与到大学生讲思政课的活动中来,并多次为参赛选手做专题培训;党的十九大召开后,我还作为学校理论宣讲团的成员,深入天津市第一中学滨海学校和我校地理与环境科学学院、音乐与影视学院等单位,为同学们宣讲十九大精神,受到在场听众的热烈好评。

能够留在师范大学当辅导员,这让我觉得很幸运,我仍然会经常听到王辅成老师的讲课,他会时常校正我心灵的准星。

这次座谈会的情况和马超的发言内容王辅成并不知晓,马超也只是被王辅成的讲座触动灵魂的成千上万名学生中的一员。桃李不言,下自成蹊。王辅成二十多年的不辍宣讲,已经让越来越多的年轻人在他的导引下自发地向着真理的方向汇聚。他们庆幸的是,自己在准备扣好人生第一粒扣子时遇到了王辅成这位良师益友;王辅成欣慰的是,他的宣讲在那么多的学生心间发生了可贵的化学反应,从而帮助他们选择了正确的道路,积蓄了正向的力量。

灯塔在前,没有理由不砥砺前行

20世纪90年代初,王辅成还在天津市环卫局工作时,常听到有人戏称他们是"小厸厸局"。与职工谈心时,他也总能觉察到一种低迷的情绪:"反正我们是'厸厸局',是所有局里最垫底的那一个,干好干坏能有什么区别?"

王辅成可不这样看。

环卫职工是城市的美容师,是任何一座城市都不可缺少的职业。但职工情绪低迷,怎么办?应该找到一种办法让职工认识到自身的价值,认识到这个职业的平凡与伟大。

还得从思想上抓根源,找到解决的方法。

继倡导领导干部下基层参加劳动后,王辅成又参照北京、上海等地的经验,成立了天津市环卫系统的第一个思想政治研究会,他亲任会长,组织各区局成立分会。从那以后,每月一次的研究会雷打不动。这个会可不是走走过场,而是肩负着分析环卫职工队伍现状、分解思想政治教育任务的重任。

王辅成讲党课成了这个研究会的保留剧目,对职工进行三观教育不再是偶尔为之,而是有计划、有步骤地扎实推进。这一系列的尝试,催生了他的一篇反复斟酌后的论文。1992 年,王辅成的一篇以《努力学习马列主义、毛泽东思想,培养树立无产阶级的价值观是职业道德建设的核心与根本》为题的文章,获得了全国环卫政研会优秀论文一等奖。

事实很快证明了王辅成的判断——只要掌握了三观这个"总开关",就等于给个人和团队装上了勤奋向上的强劲引擎。研究会的引领彻底改变了全市环卫职工的精神面貌,大家的创新力、凝聚力和战斗力明显增强。天津环卫不仅在垃圾转运、无害化处理等方面已经达到国内领先水平,还涌现出全国劳动模范孙丽华、顾月海等一大批先进人物。

一向谦和的王辅成是个完美主义者,正当他殚精竭虑地尝试着各种创新方式的时候，风言风语却不时地飘了出来，说他爱出风头啦，说他名为下基层实为突出自己啦，说他把调子定那么高让其他领导不好办啦……从来都是淡泊名利的王辅成听到后只是淡淡一笑，他根本就不在意那些指指点点，他只相信一切的不顺利、不理解终将过去，只有真理永存。他需要持之以恒地去寻找真理，然后在真理中筑牢自己的思想根基。

王辅成在退休后的时光里再一次奏响了他人生的华彩乐章，成年累月地忙于宣讲，日子过得忙碌而充实，累并快乐着。他常会回想起自己的读书岁月，曾经遇到过的那些好老师让他的内心如坐春风，即使到了古稀之年，很多老师的一言一行他仍然记得清清楚楚，仿佛一切就发生在昨天一样。是这些老师让白发苍苍的他至今依旧保持着这般美好的看待世界的眼光。

我是老师，我也要让我的学生们在年华老去的时候能够感谢自己在青春岁月里选择了正确的道路——王辅成暗暗给自己定下了新的目标。

台上与台下的王辅成完全是两种状态，哪怕自己身体不适，只要一站上讲台，就会立刻把自己调整到精神饱满、声音洪亮的状态。翻看王辅成的演讲影集，无论去哪个单位宣讲，他的穿着都没什么变化，冬天是同一件防寒服，秋天是同一件驼色风衣，那件工作服似的西装更成了他的标志。

青少年时代养成的阅读和记忆习惯让王辅成终身受益。七十岁之前，他的记忆力与年轻时相比并没有太大的差异，记忆文字的时候，他会忘掉一切外界事物，只专注于稿件本身。七十岁之后，他觉得记忆力有所减退，但专注力更加提升，弥补了记忆力上的欠缺。如今，站在讲台上的他依然信心十足，嗓音洪亮，表达如行云流水。

律己和利他是王辅成的两大做人准则。这么多年来，凡是要求别人做到的，他永远是率先做到，而且还要做得尽善尽美，一如他当年带领学生们淘粪，他总是走在最前面，做得最全面。无论在什么场合，王辅成都是周到地为他人着想，即使是三四个小时的宣讲，他也从不喝一口水，生怕因为去洗手间而耽误听众的时间。

在九十一岁高龄的天津市委宣传部原副部长、天津市延安精神研究会原副会长杜立的心中，王辅成对社会主义核心价值观不仅学得好、讲得好，更是做得好。几十年来，王辅成从来没有放慢过刻苦学习的脚步，他精研经典著作，体悟中央精神，并做到理论结合实践，在自己充分理解的基础上再传授给别人，从而努力讲好中国故事和中国精神。王辅成对工作极端负责，对人民极端热忱，对个人要求极其严格，对党无比忠诚，对理想信念无比坚定。他将义务宣讲作为自己的职责，只要党有要求，人民有需求，他就义无反顾，尽心尽力。

据杜立回忆，20世纪90年代，他曾和王辅成一起到河南省南街村参观。他们看到一面宣传墙上写着这样的文字：世上有五种人，圣人、贤人、好人、俗人、坏人。杜立当时就有感而发地说："辅成，以你的品行，堪当评价最高的那个人。"王辅成说："不敢当啊，我这一辈子踏踏实实地做一个有益于社会的好人就足矣了。"

与这一段高度评价相仿的，是天津师范大学离退休处处长苏秀娟的切身感受。她说，最初听到王辅成这个名字是在1999年。三校合并后，王辅成是校领导班子成员之一。那时候，学校里关于他的"传说"很多。有人说他三观讲得好，而且义务讲课，讲课费一分不要；有人说他扶危济困、助弱帮残，不惜自己生活清苦；还有人说他太傻，太刻板，若不图财，必定图名。

截然不同的评价让苏秀娟对王辅成产生了好奇，她希望能认识这位传说中的同事。虽说现在生活富裕了，但毫不利己、专门利人的高尚品质似乎在很多人的心中逐渐淡漠了。她想知道，王辅成真的是传言中的那种道德楷模吗？他的思想源头到底在哪里？苏秀娟心中充满了疑惑，也有几分期待。

2006年6月，在师大校机关党委组织的一次三观宣讲会上，苏秀娟见到了讲台上的王辅成。他身材瘦弱，却高大挺拔，他讲的故事感人至深。台下，听众们眼含热泪，掌声阵阵。那一堂宣讲课苏秀娟一直难忘。另一堂令她难忘的课是在2009年5月。那时，越来越多的学校、机关、社区邀请王辅成去宣讲，他的日程被排得满满当当的。可那段日子，他的腰疼病已经开始加重，走路都有些吃力。趁着空档期，他去医院检查，诊断结果是腰间盘突出的老毛病又犯了，医生建议他住院治疗。王辅成住进了医院。在医院里每当有联系宣讲的电话打来，他都一一记下对方的要求，然后将这些要求依次排好顺序。王辅成出院后没几天，就有一堂事先约好的大学生宣讲课。直到宣讲的当天，苏秀娟才知道王老师刚刚出院，但是王老师不愿麻烦学校重新安排时间，一定要忍痛来讲这堂课。这一次，讲台上的王辅成依旧是全程站立，唯一与以往不同的是，他添了几个小动作，不时地用手撑一下后腰。这一刻，台下的苏秀娟落泪了，为了这位可敬的老人。

面向机关领导干部的讲座，王辅成多是以信仰话题开篇。特别是在"创新楷模"这个章节，他强调，不坚持创新理念，从本源上来说，是不懂得唯物辩证法。他常常会引用马克思的原话，那是他在人民中学申请入党时就熟记于心的一段话。

1873年，马克思在《资本论》第一卷"第二版跋"中说："辩证法在对现存事物的肯定的理解中同时包含对现存事物的否定的理解，即对现存事物的必然灭亡的理解；辩证法对每一种既成的形式都是从不断的运动中，因而也是从它的暂时性方面去理解；辩证法不崇拜任何东西，按其本质来说，它是批判的和革命的。"

这是信仰使然。学习马列主义,要熟悉原文,要有思考,最终要践行。

王辅成熟悉马克思,每当看到报刊书本中引用马克思的原话,他能立即看出有无差错,因为那些经典的文字他都背了下来。

1883年,马克思客死他乡,被葬在英国。1886年,恩格斯高举马克思的思想大旗,完成了一部马克思主义经典名著《路德维希·费尔巴哈和德国古典哲学的终结》。恩格斯的这部作品和马克思当年的作品从形式到内容都可谓一脉相承。

王辅成清晰地记得恩格斯在书中说:"在它(辩证法)面前,不存在任何最终的、绝对的、神圣的东西;它指出所有一切事物的暂时性;在它面前,除了发生和消灭、无止境地由低级上升到高级的过程,什么都不存在。"每次讲到"暂时性"时,王辅成都会习惯性地做出一个手势,双臂向两侧伸展,然后从上方回到胸前,那是他在强调"所有一切事物"。

王辅成一直对英国和德国有一种特殊的感情。他没有出国旅游过,作为一名老师,他的所有假期都在读书和讲座中度过。他期盼晚年能和老伴儿去一次英国和德国,去走一走马克思走过的路,去拜谒马克思的墓地,去和这位二百年前的思想巨人来一次精神上的会面。

当今社会上很多人的浮躁心理状况与社会变革有关,而社会变革不但无法阻挡,很多时候也是时代进步的表现。习近平总书记说过,改革无止境,改革永远在路上。这一精髓思想与马克思一百多年前提出的观点一脉相承。如果改革意识差,说明对马列理论学习得不够多、不够深,理解得不够透彻。

王辅成每次背诵这些经典时,都是越背理解得越深刻,心里对马列主义的认识越坚定,信仰更加专一。

熟悉王辅成的人对他的共同评价是:对马列主义和社会主义核

心价值观的真学、真信、真做，是他感染力和影响力的源泉，他的言行完美地体现着知行合一。这种完美并非他的刻意追求，而是他自觉自愿地发自内心的表达。听众之所以被他的宣讲所感动，为他的宣讲而痴迷，是因为他从不说教，也不照本宣科，而是有理有据有情地精挑细选那些首先能够感动他自己的事例，再经过深度诠释和深情演绎，生动而又接地气地感动和感染更多的人。是他的一身正气将威力巨大的正能量源源不断地传递给听众，准确地拨动着听众们那一根根或已迟钝或已生锈的心弦。

凭借七十多年的人生体悟，推己及人，王辅成坚定地认为，树立起正确的人生三观，就是选择了正确的人生起点。所以，从 1994 年开始，他就踏上了三观宣讲之路。

一切有如水到渠成，因为根基早已夯实——对马列著作、《毛泽东选集》的通读为他提供了强有力的政治理论基础。

曾经不断重复记忆的中华传统经典为他的讲稿提供了文学滋养，让他出口成章。

那码得厚厚的一摞摘抄本，随便翻开哪一页，上面都闪耀着人类智慧的光彩。

多年来担任《求是》杂志的"第一读者"，让他能够站在更高的视角思考、分析和解决问题。

十九年中学语文老师的经历，让他站在任何一个讲台上都镇定自若，如同在讲一堂普通的语文课。

…………

二十五年的三观宣讲，让王辅成从不带上讲台的"腹稿讲义"愈加丰满和完善，并带有鲜明的个人风格。这样一步步走来，他从一开始的"带着感情讲"，演变为后来的"带着责任讲"，直到现在的"带着体系讲"。在他的言传身教下，三观不仅不再是一个看似空洞缥缈的

王辅成多年积累下来的学习笔记

概念,而且变成了一张看得见、摸得着、用得上的指导人生航程的导览图。虽然不同身份、不同年龄的听众从中得到的教益不尽相同,但有一点共同收获让他们心潮澎湃,那便是不论在什么情况下,都要做一个正直的、对社会有益的人。

王辅成常把三观比作一间大房子,要想让这间房子坚固长久,就必须依靠六根支柱的支撑和九颗铆钉的固定。这就是王辅成呕心沥血提炼出来的"三六九"主题——"三"指"三观","六"指"六大楷模","九"指"九个一定"。

这个"三六九"主题实在是得之不易。

要将三观讲得既通俗又透彻,既能鼓舞人又让人爱听,一直都是个艰巨的课题。功夫没少下,效果不理想,究竟症结何在,这是王辅成反复思考的问题。二十多年来,党和政府对青少年思想教育的日益重视,使三观教育一次次地迎来本应属于它的春天。正是借着这股东风,王辅成找到了三观教育的出发点、落脚点和着力点,那就是使理论鲜活,让事实说话,用故事感人,只有在听众喜闻乐见的基础上,才谈得上传播力和吸收率。

充实自己,提升自己,王辅成驰而不息,永远在路上。

他从不懈怠,像一块收放自如的海绵,吸纳着一切有用的知识;他与时俱进,时刻倾听着时代的足音,与时代的步伐同频共振;他总是在实践中思考,然后再用深刻而实用的思想反哺实践。

从那一摞摞的讲义资料可以看出,二十多年来,王辅成的三观宣讲一直在层层递进,从平面到立体,从平淡到生动,从平静到激昂,他追求的终极目标是——听众。尤其是青少年听众,他们听到的不仅是引人入胜的故事,还能从中发现人生的智慧;听到的不仅是激励心志的话语,更能从中找到正确的方向。

多少个夜晚,一盏台灯下,映照出王辅成孜孜求索的身影,他认真梳理着这些年来中央领导同志对青少年学生进行三观教育的重要指示。

早在 1994 年 6 月，在全国教育工作会议上，中央领导同志明确指出：加强理论教育、思想教育和政治教育工作的目的，就是要引导和帮助青年学生树立正确的世界观、人生观、价值观……

那时的王辅成对这个问题的认识还处在起步阶段。

2000 年，时任中共中央总书记的江泽民指出，要加强对青少年学生进行爱国主义、集体主义、社会主义的思想教育，帮助他们树立正确的世界观、人生观、价值观。

2004 年，中共中央、国务院联合颁发的八号文件和十六号文件都要求引导青少年树立正确的世界观、人生观和价值观。

2010 年，在全国教育工作会议上，时任中共中央总书记的胡锦涛强调，"要引导学生形成正确的世界观、人生观和价值观"。

《国家中长期教育改革和发展规划纲要（2010—2020 年）》明确提出"引导学生形成正确的世界观、人生观和价值观"。

2013 年 5 月，中共中央总书记习近平同各界优秀青年代表座谈时强调："青年朋友们，人的一生只有一次青春。现在，青春是用来奋斗的；将来，青春是用来回忆的。人生之路，有坦途也有陡坡，有平川也有险滩，有直道也有弯路。青年面临的选择很多，关键是要以正确的世界观、人生观、价值观来指导自己的选择。"

转年的五四青年节，习近平总书记再次强调广大青少年"要树立正确的世界观、人生观、价值观，掌握了这把总钥匙，再来看看社会万象、人生历程，一切是非、正误、主次，一切真假、善恶、美丑，自然就洞若观火、清澈明了，自然就能作出正确判断、作出正确选择"。

"中国梦归根到底是人民的梦"，离开了正确三观这个"总开关"、这把"总钥匙"，"人民的梦"就将会成为泡影，而"只有赢得青年，才能赢得未来"，要想赢得未来，当务之急同时也是必经之路就是帮助青少年树立正确的三观，让他们的人生航向确保不会偏离。

接下来两起相隔十年的震惊全国的案件让王辅成最终意识到，三观教育绝不是可有可无的点缀，而是影响国泰民安的当务之急。这两起恶性案件的当事人都是大学生，一个是马加爵，一个是林森浩。他们都因生活琐事杀死同窗，最终被判处极刑。之所以会出现这些轰动性事件，毫无疑问，是三观这个总开关出了毛病，起点失之毫厘，终点必定谬之千里。所以，必须让正确的三观成为年轻一代的DNA，融入他们的血脉，滋养他们的精神，使他们筋强骨壮。对，就从这两个极端实例入手，把他们放在时代的背景墙前，用解剖麻雀的方法给青年人一声振聋发聩的提醒。

这两起恶性事件表明，在某些人身上出现的三观空窗期和断层期需要校正，需要引领，需要填补，而王辅成对于三观宣讲的全身心投入，就是要为尽可能多的年轻人补上这笔"欠账"。

认识清楚之后，就要努力践行。合抱之木，生于毫末；九层之台，起于累土；千里之行，始于足下。王辅成想，大学生对新鲜事物感知快，接受快，而且重具象，轻抽象，如果想让他们对自己所讲的理论内容感兴趣，深入思考，就必须在讲课时剔除空洞的词汇，避免自己滔滔不绝，学生不知所云的尴尬现象出现。所以，王辅成一直将"化虚为实"奉为法宝，用生动形象的事例托起一个个大道理。

2015年六一国际儿童节到来之际，习近平总书记寄语全国各族少年儿童要从小学习做人、从小学习立志、从小学习创造，"现在把自己的品德培育得越好，将来人就能做得越好"。

"人生的扣子从一开始就要扣好。"习近平总书记有关当代中国应坚守什么样的社会主义核心价值观、为什么要自觉践行以及如何培育和践行社会主义核心价值观的重要论述，为党的十八大以来全国教育系统"立德树人"提供了科学行动指南。

王辅成极其认同习近平总书记的"扣子说"："青年的价值取向决定了未来整个社会的价值取向，而青年又处在价值观形成和确立的时期，抓好这一时期的价值观养成十分重要。这就像穿衣服扣扣子一样，如果第一粒扣子扣错了，剩余的扣子都会扣错。人生的扣子从一开始就要扣好。"

总书记说得多好啊！这个既形象又深刻的观点让王辅成兴奋不已。帮助年轻人扣好人生的第一粒扣子，这是一名共产党员，特别是身在教育系统的共产党员义不容辞的光荣责任，值得为此殚精竭虑。

王辅成是一个原则性极强的人，他一旦锁定了自己的频率，必定矢志坚守。这么多年来他一直保持着自己三观宣讲的高标准，也就是"三度"（高度、广度、深度）、"三性"（科学性、知识性、艺术性）和"三绝"（凤头、猪肚、豹尾）的有机统一。

听众们说，王老师三观宣讲的成功秘诀之一就是他的人格魅力。王辅成听到后总是轻轻一笑："我哪里有什么人格魅力，我只是用真情、用生命去讲罢了。"其实，从王辅成在讲台上郑重宣布自己站着讲、脱稿讲、不计报酬讲的约法三章时，四起的掌声就说明他的演讲已经成功了一半。

三观，极其简单的两个汉字，但在王辅成的诠释下，竟有着如此丰富的内涵，让听众在若有所思中自觉地走出曾经的认识误区，将人生波段调整到科学、正确的频率上来。

什么是幸福观呢？王辅成首先会给学生们罗列一组数字——一项研究成果告诉我们，人生的幸福与欢乐只能从物质财富中得到百分之十五的满足，另外的百分之八十五则要从精神财富中寻找。

王辅成格外喜欢苏辙的《黄州快哉亭记》，就是因为文中表达了作者对快乐的看法，这其实也是对幸福观的一种理解："士生于世，使其中不自得,将何往而非病?使其中坦然,不以物伤性,将何适而非快?今张君不以谪为患,窃会计之余功,而自放山水之间,此其中宜有以过人者。将蓬户瓮牖无所不快,而况乎濯长江之清流,挹西山之白云,穷耳目之胜以自适也哉!不然,连山绝壑,长林古木,振之以清风,照之以明月,此皆骚人思士之所以悲伤憔悴而不能胜者,乌睹其为快也哉!"此刻,王辅成在讲台上的吟诵已经达到了物我两忘的状态,他的身与心早已步入了苏辙所描绘的意境,其间渲染的快乐情怀犹如山间的小溪,一路蜿蜒地潺潺流入他的心田。

什么是价值观呢?王辅成习惯从"保尔与比尔谁更伟大"的争论谈起。2000 年,我国拍摄的电视剧《钢铁是怎样炼成的》在中央电视台一套播出后掀起强烈反响,还引发了一场不大不小的争论,议题就是"保尔(保尔·柯察金)与比尔(比尔·盖茨)谁更伟大""这个时代更需要保尔还是比尔"。

价值观是人生观的几个重要子观点中比较难讲的一个。国内外对"价值"的界定多达几十种。在宣讲中,王辅成由浅入深,从事例慢慢带入理论,循序渐进,有条理地对树立正确价值观的重要性和紧迫性以及应该把握的要点、途径和方法一一展开解读。

  人生价值包括自我价值和社会价值两个方面。所谓自我价值,是指社会对一个人的尊重和满足;所谓社会价值,是指一个人对社会的责任与奉献。正确的人生价值观应该是自我价值和社会价值的有机统一。也就是说,我们既要讲社会对个人的尊重和满足,更要讲个人对社会的责任与奉献。

  值得注意的是,受拜金主义、享乐主义、极端个人主义思潮的影响,当前有相当一部分人过于强调自我价值,忽视甚至否定社会价值。这是由于他们不了解——一个人的奉献,正是另一个人能够得到满足的前提和基础。如果所有的人都只讲社会对个人的尊重和满足，而不讲个人对社会的责任与奉献，那每一个人所期望的"满足"，就都将成为无源之水、无本之木。

这些不做作、不矫情、不说教的话，使大学生们仿佛感受到一种如梦方醒的震撼，直通心灵，受益无穷。

2018 年 6 月，在给天津市京剧二团宣讲《文化与文化自信》时，王辅成引用了《人民日报》2017 年 11 月 17 日刊发的中宣部部长黄坤明文章中的一句话："价值观是文化最深层的内核，价值观自信是文化自信最本质的体现。"在为此次宣讲做案头准备时，王辅成反复研读了这篇文章，在报纸上圈圈点点，时而摘抄，时而背诵，他忽然有了一种茅塞顿开的感觉：哎呀，我宣讲了这么多年的价值观，它看似三观中的一个小点，其实是在宣讲我们伟大祖国的大文化啊。

王辅成所学专业并非哲学，有关三观方面的知识完全来自他的自学。他查阅资料时得到了这样的解释：世界观也叫宇宙观，是最大的一个概念，世间一切都包含在世界观里，包括自然观、社会观（也叫历史观或社会历史观）、人生观。

仅是人生观就包含了几十个子观点，他选取了与人们生活、工作密切相关的十个子观点加以分析，再融入书报上那些极具见地的文章，最终归纳出自己的观点。这十个子观点是价值观、生死观、公私观、幸福观、道德观、婚恋观、友谊观、美丑观、荣辱观、真理观。其中荣辱观与社会主义核心价值体系相联。在与大学生的每次交流中，王辅成总是满怀深情地说："无论是谁，都要牢固树立起人生观的十大子观点，走好自己的人生道路，找到属于自己的幸福。"

大匠诲人身教多。作为一位资深的关心下一代工作者，王辅成时时处处为青少年做着榜样，并且用自己的亲身经历与感悟告诉孩子们，中华人民共和国成立后的历史一次次雄辩地说明：中华民族伟大复兴的事业是正确的，历史和人民选择了由中国共产党来领导中华民族伟大复兴的事业是正确的。

三观宣讲让已过古稀之年的王辅成感受到强烈的使命感与责任感。

他在时光中行走，上下五千年，从中寻找真谛和灵感；他在经典中徜徉，旁征博引，从中发现教训和答案。他的笔记本里勾画着红红黄黄的各种线条，丰富而厚重，仿佛一组组"达·芬奇密码"。笔记本上的横线仿佛一条条人生跑道，他沉淀下来的深邃思想就像决堤之水喷涌而出，带着一股光明正义的力量，向前，向前，向前。他在笔记本上郑重地写下了这样一段文字——

当前的世情、国情、党情、社情、舆情都发生了前所未有的深刻而复杂的变化。要经受"四大考验"，克服"四种危险"，永葆党的先进性和纯洁性，担当好历史使命和实现党的奋斗目标，就必须做到"心中有党、心中有民、心中有责、心中有戒"，就必须不断增强我们的"道路自信、理论自信、制度自信、文化自信"，就必须不断强化我们的"政治意识、大局意识、核心意识、看齐意识"，就必须不断加强我们的"自我净化、自我完善、自我革新、自我提高"的能力。每一名共产党员都要坚守"三严三实"，拧紧"世界观、人生观、价值观"这个"总开关"，把为党和人民事业的无私奉献作为人生的最高追求。

"三六九"主题

经过长达半个世纪的求索，王辅成寻找的答案已经无比清晰，那就是：每一位共产党员都要以"取法乎上"的准则，努力争做"六大楷模"。

第一是争做信仰的楷模，这是根本。

对于广义的"理想信念"，习近平总书记在 2015 年中央政治局第二十六次集体学习时已经做了最新概括和表述："我们共产党人的根本，就是对马克思主义的信仰，对共产主义和社会主义的信念，对党和人民的忠诚。立根固本，就是要坚定这份信仰、坚定这份信念、坚定这份忠诚，只有在立根固本上下足了功夫，才会有强大的免疫力和抵抗力。"

王辅成欣喜地看到，这个最新概括和最新表述是对以往理想信念教育"四信"（对马克思主义的信仰、对社会主义的信念、对改革开放和现代化建设的信心、对党和政府的信任）的发展与升华，你中有我，我中有你；一有俱有，一无俱无。信仰的缺失，是最致命的缺失；信念的滑坡，是最危险的滑坡；忠诚的动摇，是最可怕的动摇。杜绝这一切的根本，就是要"拧紧'世界观、人生观、价值观'这个'总开关'"。

第二是争做学习的楷模，这是前提。

学习既是修身立德之本，又是增智创新之基。

习近平总书记强调："中国共产党人依靠学习走到今天，也必然要依靠学习走向未来。"只有将坚持勤奋学习当作一种政治责任、一种精神追求，树立主动学习、终身学习的理念，才能在学习中加强修养、提升境界，在学习中开阔视野、丰富知识，在学习中掌握规律、探求真理，在学习中提高本领、做好工作。

王辅成的摘抄本里写着法国启蒙思想家爱尔维修的一句话："无知会使智慧因为缺乏食粮而萎缩。"学习是必然的，但是学什么、怎么学，这里面大有文章。王辅成说，共产党人加强学习，首先是要努力钻研马克思主义理论，深刻领会马克思主义中国化的最新成果——习近平新时代中国特色社会主义思想以及现代化建设所需要的政治、经济、文化、科技、社会和国际等多方面知识。据不完全统计，20世纪的学科多达两千多门，要想成为一个合格的当代知识分子，就要粗通包括自然科学、社会科学、人文科学在内的十二大学科（即数学、物理、化学、天文、地理、生物、文学、历史、哲学、政治、法律、经济）。

在很多宣讲现场，王辅成都会深有感触地说："学习有三大途径：一是向书本学习，这是读有字之书。另外还有两大途径，那就是向实践学习和向群众学习，这两本无字之书更需要一生的投入与付出。"

第三是争做修德的楷模，这是基础。

太上有立德，其次有立功，其次有立言。把立德树人作为教育的根本任务已经成为教育界的共识、使命与天职。习近平总书记深刻地指出："核心价值观，其实就是一种德，既是个人的德，也是一种大德，就是国家的德、社会的德。国无德不兴，人无德不立。"

王辅成从我国社会公德、职业道德、家庭美德、个人品德四个层面的道德建设切入，突出当前道德修炼和道德养成的六个方面——不为财所困，不为利所动，不为名所驱，不为色所迷，不为情所扰，不为死所惧。

他在很多宣讲现场都动情地说："雷锋是社会主义中国一座永恒的道德与精神的丰碑。他没有惊天动地的壮举，也没有轰轰烈烈的伟绩，他只是以自己平凡的善行和执着的付出，温暖着天底下所有需要他帮助的人们；他的平凡的善行和执着的付出，没有任何个人功利的盘算，没有任何希望得到回报的想法，更没有作秀、表演乃至投机取巧的卑劣念头，他只有一颗金子般纯净的心。雷锋就是当年为毛泽东同志所盛赞的那种真正高尚的人、纯粹的人、有道德的人、

王辅成在向学生们讲述雷锋精神

脱离了低级趣味的人、有益于人民的人，雷锋就是我们的党今天正在大力倡导的那种始终把人民放在心中最高位置的人，雷锋就是为了实现中华民族伟大复兴的美好理想，我们的党正在着力培养和造就的千千万万个真正大写的人！"

每当这个时候，王辅成都会抑制不住内心的激动，将这样一段话语脱口而出："荀子有言：'口能言之，身能行之，国宝也……口言善，身行恶，国妖也。'我们一定要心口如一，言行如一，绝不当两面人。"

此刻，面对寂静无声的会场，王辅成为这一段华彩乐章画上了休止符："争做修德的楷模，我们必须牢记，在价值取向日益多元化的中国，德的最高境界是什么？或者说，至高无上的大德是什么？那就是'始终把人民放在心中的最高位置'！"

第四是争做法纪的楷模，这是保证。

习近平总书记曾经铿锵有力地指出："我们党是靠革命理想和铁的纪律组织起来的马克思主义政党，纪律严明是党的光荣传统和独特优势。"党的十八大以来，党中央以零容忍的态度，以猛药去疴、重典治乱的决心，以刮骨疗毒、壮士断腕的勇气，以有腐必反、除恶务尽的历史担当，坚持"老虎""苍蝇"一起打。以踏石留印、抓铁有痕的韧劲，立规矩、抓教育、正作风、反腐败，下决心"拔烂树""治病树""正歪树"，带领全党同志在"赶考"的路上奋力前行，得到了人民群众的高度评价。

尽管如此，王辅成这位有着几十年党龄的老党员还是在欣慰之余清醒地看到，党员领导干部的违法违纪现象仍然没有完全杜绝，只有把党纪挺在国法之前，坚持党纪严于国法，每一名党员都以严格遵守党的政治纪律、组织纪律、群众纪律、工作纪律、生活纪律为一条铁律，绝不逾越红线，才有可能共同迎来风清气正的明天。

为公务员宣讲时，王辅成总是有针对性地强化这一板块。他说，严明党的纪律，首要是严明党的政治纪律，最重要的一条就是对党和人民绝对忠诚，全党同志在任何时候、任何情况下都必须在思想上、政治上、行动上同以习近平同志为核心的党中央保持高度一致，同时还要将"法纪重于生命"的理念，由"外在的要求"自觉地升华为"内在的追求"。

宣讲这一专题时，王辅成喜欢举案说法，一今两古三个事例被作为论据来支撑他的论点。

王辅成说，邱少云就是"纪律重于生命"的楷模。他在烈火烧身的情况下，为了确保五百余名伏击战士的安全和战斗任务的完成，任凭烈火将自己烧焦，直至壮烈牺牲。

他还借古喻今地说，法纪重于生命，这是中华民族的传统美德。据《史记》记载，春秋时期的"李离伏剑"就是一个典型事例。晋国狱官李离的下属因为了解情况不够全面，导致误杀无辜之人，按照晋国的法律，这样的失误须以命相抵。谁来抵命？李离认为，虽说那位失职的主审官难辞其咎，但自己平素很多所受之益也并未与下属分享，此刻绝不能做"见利上，见难让"之人，到了该承担责任之时，不能将罪错推给下属。他希望以死自惩，即使晋文公为他说情，他也毫不动摇。最终，李离伏剑而死，用自己的生命维护了法律的尊严。

另外的一个例子发生在战国时期，住在秦国的墨家大师腹䵍的独生子杀了人。按照墨家的法律，"杀人者死，伤人者刑"。可腹䵍只有这么一个儿子，为了避免他家绝后，秦惠王准备对他法外开恩。但为了维护法律的尊严，腹䵍还是大义灭子。

王辅成感慨地说，共产党人应该是最有勇气承认和改正自己错误的人，在深入挖掘和阐发中华优秀传统文化的时代价值的同时，没有理由不超越我们的祖先。

第五是争做奉献的楷模，这是核心。

王辅成坚信，衡量一名共产党员是否真正信仰马克思主义，是否真正具有远大的共产主义理想信念，是否真正具有对党和人民的忠诚，只需一个参照物，那就是看他能否始终坚持把人民放在心中的最高位置，能否把为党和人民的事业无私奉献作为人生的最高追求。

王辅成常用下面这两句话来佐证他的观点。奉献者的辩证法可以用马克思的一句话来表述："我们在为争取无产阶级的八小时工作制而斗争，可是我们自己的工作时间却往往两倍于此。"而奉献者的座右铭就像人民教育家陶行知所言："捧着一颗心来，不带半根草去。"

王辅成用诗一样的语言阐释着他的理解：存在着不等于生活着，因为存在着的可能是一具行尸走肉；生活着不等于奋斗着，因为大写的人对奋斗的解读是拒斥一切蝇营狗苟；奋斗着也不等于奉献着，在共产党人的词典里，奉献意味着——"捧着一颗心来，不带半根草去"。我们共产党人从面对党旗宣誓的那一天起，就意味着已经决定把一切奉献给党和人民。

王辅成认为"当代雷锋"郭明义就是奉献的楷模，因为他二十年来献血六万毫升，献出的血液是自身血量的十倍以上。

令他无限感佩的还有中华人民共和国财政部第五任部长吴波。2005年，他走完了九十九年的人生历程。这位可敬的老人在中华人民共和国成立时进京，一直住在简陋的平房里。离休后，国家按照政策分配给他两套位于北京万寿路的单元房。辞世之前，他留下遗嘱，要把这两套当时价值一千多万元的商品房无偿交还给国家。他说："我参加革命后，成为一个无产者，从没想过购置私产留给后代。"孩子们尊重父亲的遗嘱，帮助父亲完成了以一个无产者的身份去见马克思的遗愿。虽然吴波同志已经去世十多年了，但许多熟识他的人都说："吴波就在身边，他从未走远。他高尚的品德就像一座丰碑，永远留在了我们的心中。"

第六是争做创新的楷模，这是关键。

党的十八届五中全会提出了新的"五大发展"理念，创新、协调、绿色、开放、共享。"创新发展"位列"五大发展"理念之首。王辅成精研着文件中的每一个词句，体会着其中的深意。他认为，树立和强化创新意识和创新理念是实现中华民族由目前的"跟跑"到不久的将来的"领跑"的最根本举措，因为从全世界的视角去观照的话，今天的河流已经不是昨天的河流，今天的太阳也已经不是昨天的太阳。

王辅成在研读党的十九大报告时，将这一段话用红笔着重圈出："加快建设创新型国家。创新是引领发展的第一动力，是建设现代化经济体系的战略支撑。"他把这段话补充进他的腹稿，然后在宣讲中加以解读。每当讲到这里，他都会语重心长地以此作结："创新的重要前提是继承。没有认真的继承，就不会有卓越的创新。同志们，要勇于创新，永不停滞地努力前行啊！"

三观重塑，六柱相撑，九钉加固——这就是王辅成沉淀了二十多年提炼出来的"三六九"主题。

"九钉"的缘起是 2013 年五四青年节，习近平总书记在同各界优秀青年代表座谈时，要求广大青年一定要坚定理想信念，一定要练就过硬本领，一定要勇于创新创造，一定要矢志艰苦奋斗，一定要锤炼高尚品格。2014 年的五四青年节，习近平总书记在与北京大学师生座谈时再次强调，广大青年树立和培育社会主义核心价值观，要在勤学、修德、明辨、笃实上下功夫，下得苦功夫、求得真学问，加强道德修养、注重道德实践，善于明辨是非、善于决断选择，扎扎实实干事、踏踏实实做人，立志报效祖国、服务人民，于实处用力、从知行合一上下功夫。

王辅成字斟句酌着习近平总书记的讲话。他一直在想，怎样才能更加直观、有效地将这些讲话的精神实质清晰明确地让大学生们熟记并运用到实践中去呢？他在报纸上勾勾画画，各种颜色的三角圆圈比比皆是，空白处全部写满了他的体会。

最终，他将习近平总书记连续两个五四青年节的讲话精要，融入他二十多年宣讲三观的心得，总结出青年人要想成为担当民族复兴大任的时代新人，就必须做到的九个"一定要"——一定要坚定理想信念，一定要练就过硬本领，一定要勇于创新创造，一定要矢志艰苦奋斗，一定要锤炼高尚品格，一定要终生勤奋学习，一定要善于明辨决择，一定要钦仰忠诚老实，一定要严守法纪规章。其中的"严守法纪"是习近平总书记在其他重要讲话中一再强调的重点。

2014年9月9日，习近平总书记到北京师范大学看望一线教师，向全国广大教育工作者致以节日祝贺。在和北师大师生代表座谈时，习总书记谈到，做好老师，要有理想信念、道德情操、扎实学识、仁爱之心，把自己的温暖和情感倾注到每一个学生身上，用欣赏增强学生的信心，用信任树立学生的自尊。习总书记朴素的话语，道出了对教师这一职业的殷切希望和对教育工作的深切期待，广大教师应对照"标准像"，照一照"理想信念"，照一照"道德情操"，照一照"扎实学识"，照一照"仁爱之心"，争做党和人民满意的好老师。

"过去讲，要给学生一碗水，教师要有一桶水。现在看，这个要求已经不够了，应该是要有一潭水。"习近平总书记在同北京师范大学师生代表座谈时如是说。

当老师，要有一潭水啊！为了这一潭水更充盈，更清澈，更充满活力，自己必须不断学习，才有资格去讲给学生听。退休多年，王辅成仍然把自己教师的身份看得很重很重。

2016年12月初，全国高校思想政治工作会议在京召开。习近平总书记在会上发表的重要讲话，是指导新形势下高校思想政治工作的纲领性文件,掀开了高校思想政治工作新的历史篇章。12月9日《人民日报》第一版登载了全国高校思想政治工作会议的情况,并全文刊登了习近平总书记的讲话。这张报纸王辅成不知看了多少遍,他觉得习总书记的每一句话都说出了他的心声,写进了他的心里,每一句话都沉甸甸的,掷地有声,回味无穷。这篇讲话的重点字句,王辅成用红笔圈了又圈,描了又描,最后差不多把整篇文章都描画了一遍。其中很多段落他都能一字不差地背诵下来,成为最新的讲课素材。他从中提炼出了十二个字——"高校立身之本在于立德树人",而党的十八大恰恰也提出了"把立德树人作为教育的根本任务"。不同的表述,表达着同样的内涵。

立德树人。掩卷沉思中,王辅成感觉到了这四个字里蕴含着的光荣使命和历史责任。

一边传播真理,一边捐献着爱

相较于物质财富,王辅成更注重精神享受。

他说,人生有两件事情不能等待——孝老与行善。

行善,已成为他生活的一部分,无须刻意而为,早已深植心底。

但在他内心深处的一个隐秘角落里,却一直藏着一丝"子欲养而亲不待"的愧疚。

王辅成的父母一向支持他的工作,老两口谁有个头疼脑热,都是报喜不报忧,生怕儿子惦记,耽误了"公家工作"。王辅成的侄子和爷爷、奶奶住在一起。王辅成只有在周末才能抽出点时间去看望年迈的父母。

那还是20世纪90年代初,当时家庭电话可以说是稀罕物,不仅装机费用昂贵,还有指标限制。王辅成作为局级领导,家里有一部电话。

一次,侄子对他说:"老叔,爷爷和奶奶岁数大了,您给安个电话吧,这样他们有什么情况,我找您也方便。"王辅成没接话,只是心想,安电话还得托人找关系,欠了人情反而不好,还不如我腿脚勤快些,多跑几趟看望爹妈。

那时,王辅成在天津市环卫局工作,周末常去基层调研。对他来说,"周末"差不多成了"加班"的代名词。1993年7月一个星期日的晚上,他处理完单位的事情匆匆赶到父母家,一向体格不错的父亲对他说,这些日子感觉腰疼得厉害,晚上翻身都很困难。父亲顿了顿,又说,也许是不小心押了一下,应该没什么大事。王辅成担心地想,要赶紧安排个时间带父亲去医院看看。等到下一个周末,王辅成因为单位的事情脱不开身,没能回父母家探望。他自我安慰地说,父亲应该是岁数大了导致的慢性病,再等一周不会有什么问题,下个星期不管有什么事情都要推掉,带父亲去看病。没想到周二的晚上,王辅成家的电话刺耳地响了起来,是侄子从公共电话亭打来的,语气急促而慌乱:"老叔,爷爷上午走了。"王辅成没听明白,追问了一句:"爷爷上哪儿去了?""爷爷没了,我没有爷爷了!"侄子在电话那头哭了起来。王辅成如五雷轰顶,霎时间大脑一片空白,举着电话的手僵在半空,身体也不听使唤了。过了好一会儿,他才回过神来,大声埋怨着侄子:"怎么这么晚才告诉我?!"侄子委屈地说:"我也是下班刚回家,奶奶小脚,你让她去哪里找电话?咱家要是装了电话,还用得着这么费劲啊。"父亲的忽然离去成为王辅成一生最大的遗憾,但父亲在他心里播下的善良做好人、坚持做好事的种子,却让父亲永远活在了他的心里。

母亲是1998年去世的,比父亲多陪伴了王辅成九年。在她生命的最后十几天里，当时五十八岁的王辅成每晚都陪在母亲身边，就像小时候母亲陪在他身边一样。他陪着她输液，和她说话。母子的记忆一同回到了王辅成的幼年，回到了芦台那个小镇上的四合院，回到了他们围坐在院子里抬头仰望满天的繁星，回到了当年初来天津的日子，回到了王辅成成长的点点滴滴。他们幸福地回想着从前温馨的画面——母亲给儿子讲故事，儿子给母亲读书；母亲在盛夏给王辅成缝制棉被、棉衣，准备着儿子可能去东北当老师的行装；还有母亲用一言一行教育儿子如何做人……这些闪光的回忆就像人生的日历，在他们娘儿俩的你一言我一语中一页页地翻过，轻得像风，又重得像石……操劳了一辈子的母亲就这样在王辅成的陪伴下，在睡梦中告别了她眷恋的人间。

后来，这种切肤之痛被王辅成放进了对大学生的宣讲内容里，他用亲身经历告诉他们，孝敬老人不能等，应该从现在就开始做起。

就这样，总感觉错失了孝敬父母机会的王辅成，把更多、更大的爱播撒给了无数的陌生人。

1976年唐山大地震，天津的城市建筑损毁严重。当时，王辅成一家挤在人民中学的临建棚里。一天，王辅成收到一张二十元钱的汇款单，谁寄来的呢？王辅成有些疑惑。他仔细辨认着上面的字样，是从云南汇过来的，汇款人的名字并不熟悉，留言栏上写着"互相帮助"四个字。又看了一会儿，王辅成的眼眶一下子湿润了。他猛然记起，前段时间他从广播中听到云南发生地震的新闻，便将自己参加市里组织的河道清淤排污劳动所得的二十元补助捐给了云南地震灾区。现在天津发生地震，云南的好心人又将这二十元钱寄了回来。王辅成拿着这张轻飘飘的汇款单，感觉它有着千钧重量。

二十元钱对当时的王辅成来说是一笔不小的费用。那时孩子刚满四岁，他和妻子的工资都不高，此外还要赡养父母。这被寄回来的

王辅成在前去演讲的路上

二十元钱本可以补贴家用，但在妻子的支持下，王辅成将它作为党费交给了学校党支部。

王辅成是副局级调研员，工资不算低，但他的收入除了基本生活费用外，大多都回报给了社会。他把自己的消费压缩到了苛刻的程度。现在每个月他从工资里留下几百元作为零花钱，其中的大部分都变成了书架上的新书。外出讲课他首选公交车，因为老年人乘车免费。其余的工资他都交给老伴儿用于家庭支出。这些年来，王辅成早已养成了一种习惯，只要手里的零钱攒够了一千元，他就要找机会捐出去。捐钱对于他而言已经是一种自然而然的习惯，甚至成为他丰富生活、满足精神需求的一种独特的方式。他早已记不清第一笔捐款发生在什么时候，他从中享受到的帮助他人的快乐不是钱款的具体数额所能计算的。王辅成从来不希望被捐助人知道他的身份，以免给人家增添不必要的心理负担。所以，这几十年来究竟捐出了多少钱，帮助了多少人，并没有具体的数字，他自己也没有记下类似爱心账簿的记录。他只是觉得，如果自己的一点微不足道的帮助能够改变某个或者某几个人的命运的话，那就是自己存在的价值之一。他不在意别人的关注，只在意自己的信条，那就是得助人时且助人。

王辅成从没觉得自己的日子过得清苦，反而在每次捐资助人后都像得胜归来一样兴奋不已。把一个素不相识的人拉出人生的低谷，那是多么有意义、多么值得去做的一件事啊！王辅成也食人间烟火，他并不是苦行僧。他遍洒爱心，家人的支持是他幸福的根基。

王辅成捐出的每一笔钱虽然不能解决所有的困难，但足以让一个人暂离难关，更为重要的是，这些善款足以慰藉一个落难之人冰冷的心房。每次讲课后的互动环节，他都会当场奖励优秀学生一千元钱。龙凌云、高一歌都曾得到过他的奖励。当他们实在推辞不掉时，就幸福地接过那笔带着王老师掌心温度的馈赠，转而捐助给更加需要帮助的人们，让这份爱一直不间断、有温度地传承下去。

王辅成非常喜欢鲁迅的文章，敬仰鲁迅的人格。在讲台上和学生们互动时，他会提出问题："毛主席怎么评价鲁迅，谁知道？"王辅成在天津师大的宣讲中多次提到毛主席对鲁迅的评价，对那些多次听过他课的学生们来说，如果有心，要记下来并非难事。所以每当有同学正确地回答出了他的问题，王辅成就会特别高兴，当场奖励一千元购书卡，或者奖励一套几百元的书籍。对他来说，能够鼓励学生们多读书，就是最快乐的事。

王辅成订阅了很多报刊，每隔几个月就要处理掉那些过期的旧书报。一天，送报纸的李师傅敲开了王辅成的家门，递过来报纸的同时红着脸说："看您订了这么多书报，等您家的旧报纸存多了，能不能卖给我？"老两口赶紧把他让进屋，递上一杯水。原来，李师傅与妻子双双下岗，靠送报、送水维持一家人的生活。孩子正上初中，双方老人也不富裕。李师傅琢磨着可以一边送新报纸，一边收旧报纸，这样就能多贴补些家用。

王辅成不假思索地说："没问题啊李师傅，到时候您尽管过来把旧书报拉走，我分文不要。"

春节前夕，李师傅又一次敲开了王辅成的家门，准备将那堆小山似的旧书报拉走。为了表达谢意，李师傅送给王辅成一张喜庆的"福"字。这时，王辅成拿出个红包塞给李师傅，里面装着一千元钱："谢谢您帮我家收旧书报，春节到了，这是给孩子的压岁钱。"李师傅把双手背在身后，一边后退一边不好意思地说："这怎么行？您都把旧报纸免费给我了，这个红包我可不能拿。"王辅成真诚地说："您就别客气了，这是给孩子的，您送报刊，我阅读，我得到见闻知识，您还带给我很多收获呢。这也是咱们的缘分，钱不多，您就收下吧！"

2001 年 5 月的一天,王辅成突然腰部剧烈疼痛,被诊断为"椎管狭窄,腰间盘三至四节突出",医生要求他立即住院治疗。同病房的病友中有一个外地来的中年人,在车祸中受了重伤。住院期间,王辅成得知这位病友为了治病变卖了房产,便在自己出院那天悄悄塞给了这位病友一千元钱。他想,区区一千元未必能帮上他什么,但在这个陌生的城市里有一个陌生的人资助过他,他会感到人心的温暖和生活的希望。

2010 年 1 月 8 日,《中国教育报》刊发了一则消息——《十岁男孩扛起一个家》,报道了河北省秦皇岛市海港区北港镇刘家河村十岁男孩孟祥贺在父亲受伤致残、哥哥车祸离世、母亲患病瘫痪的家庭困境中,勇敢挑起重担,边照顾父母边刻苦求学的故事,引起社会的广泛关注。看到这个男孩的故事,王辅成心里一紧,盘算着怎么才能帮助这个孩子渡过难关。他请《中国教育报》的记者代他将一千元钱转交给小祥贺。记者转交后还特地告诉王辅成小祥贺的近况。在社会各界的帮助下,小祥贺的父母得到了及时有效的治疗,病情大有好转,小祥贺也被一家私立爱心孤儿院收留。孟祥贺是个懂事的孩子,当他得知秦皇岛市卢龙县的一位女孩遭遇困境时,他让亲戚带着自己专程给女孩送去了一千元钱,鼓励她坚强起来。听到这个后续消息后,王辅成哽咽了——他心疼祥贺在这么小的年龄就承受着这么大的压力,又对这个孩子超乎寻常的懂事与自强感到欣慰。是呀,爱就是这样一步步传递的,这个世界上还有什么比救助了一个孩子的心灵更让人感动呢?

2015 年,王辅成入选天津市"三严三实"巡回宣讲团,从封闭培训到几十场宣讲,持续了几个月,当时已是七十五岁的王辅成一路坚持了下来。按照有关规定,市委宣传部给王辅成发放了一些补贴,这回王辅成收下了这笔专款。拿到钱后,他坐上公交车,辗转十几公里，赶到天津师范大学离退休处，郑重地对处长苏秀娟说："我要将这笔钱作为党费上交。"经过离退休处联系，王辅成将这笔钱作为自己的一笔特殊党费全部交给了中共中央组织部。

从特殊党费，到对学生的千元奖励，再到对陌生人的百元帮助，甚至对路边乞讨者的微薄施舍，王辅成总是习惯性地量力而行，既不超越自己的经济能力，也不吝啬自己的爱心。

2018 年 4 月 28 日，行驶在天津海河上的一艘游船上坐满了兴致盎然的参观者。他们一边欣赏着两岸的美景，一边倾听着讲解员对天津近代历史的回顾。他们不是明星，也不是名人，但岸边的游人却向他们挥手致意，其他游船上的游客也纷纷向他们投来崇敬的目光。因为他们身披的红色绶带上印着"中国好人"的字样，他们是道德模范，是平凡而伟大的人。

这是 2018 年 4 月"中国好人榜"发布仪式暨全国道德模范与身边好人现场交流活动的一部分——来自全国的"中国好人"们一起游览海河。

王辅成坐在第一排第一座，身上依旧是那件穿了很多年的西装，里面的白衬衣与他灰白色的头发相呼应。水面的风拂过他的脸庞，也拂过他的心田。他是第四届全国道德模范提名奖获得者，在这次活动中，他作为嘉宾为"好人"颁奖。面对这个荣誉，他的心里颇不平静。从当年的那堂师德课开始，他就希望自己所讲的每一个字都能被孩子们听懂，他无比期待着自己的三观宣讲能给所有听到的人带去正能量，哪怕一个事例拨动了一个人的心弦，他也觉得特别欣慰。这么多年来，他所追求的并不是坐在游船上的荣耀，而是作为一名人民教师内心的安宁，以及作为一名中国共产党员的职责。

他的身边坐着"阳光奶奶"——七十五岁的吕文霞，后面坐着全国"身边好人"杨军，还有二十七年来累计无偿献血二百〇五次，献血总量高达四万一千毫升的栗岩奇等。他们中有古稀老人，有中年人，也有正值壮年的年轻人。他们彼此觉得面熟，也了解互相的事迹，只是不一定叫得出对方的名字。在这个信息高度发达的时代，有人相识在聚会上，有人相识在手机"摇一摇"上，而他们是因为好人好事，因为"道德模范"的称号而紧紧连结在一起，汇成了一股强大的、感天动地的力量。

被主持人称为"社会主义核心价值体系忠实传播者和践行者"的王辅成走上舞台，为五位"中国好人"颁奖。他递上泥人张彩塑，再送上一束鲜花，并带领全场观众共同发出"学习道德模范和身边好人，争做时代新人"的倡议。聚光灯下，王辅成大声领读："敬业奉献讲忠诚，诚实守信是本分，见义勇为解人困，孝老爱亲人人做，帮人助人我快乐。听党话，跟党走，新征程上竞风流。"

之后，他像孩子一样笑着，显得那么的年轻，那么的充满活力。

2018年5月14日晚七点三十五分，天津电视台卫视频道播出了大型电视政论片《不负重托，奋力前行》。镜头记录下了王辅成乘坐公交车奔赴第一千三百二十场宣讲会场的情景。王辅成站在马路边的公交车站旁，还是那件深色的旧风衣，还是那头灰白色的头发，还是那挺拔的身躯，还是那平和的目光。这是一位普通的老人，胸怀责任，心怀梦想。他用二十四年的时间奔走着，讲述着，引导着。有四十万人次现场聆听过他的宣讲。在聆听过程中，人们在他面前重温入党时的初心，大家的心灵受到了从未有过的震撼……

时代在变，王辅成的身份、地位、角色也在变，但对党的信念始终没有改变，为党奉献的意识始终没有改变。

王辅成是天津市延安精神研究会的理事。成立于1989年4月的

2018 年，王辅成获得第四届全国道德模范提名奖

研究会由数十位从领导岗位上退下来的老同志、老红军、老延安、老党员组成，他们将自己退休后的时光汇聚成另一把火炬，继续传递着光和热。他们采用多种形式对青少年进行爱国主义和革命传统教育，比如回忆亲身斗争经历，介绍革命先辈事迹。他们还积极推动延安精神进社区、进校园、进企业、进基层，为青少年讲传统、做报告，大力弘扬革命传统，用延安精神哺育新人。

延安精神研究会的成员里曾有一位老播音员，她经常给大家讲"津贴风波"和"军需处长"这两个故事，每每讲到结尾处，她的声音感染着听众，她自己也常常红了眼圈。几年前，老播音员因病去世，王辅成就把这两个故事接了过来。他希望通过自己的宣讲，让伟大的长征精神在孩子们的心中留下种子，并且代代传承下去。

"津贴风波"的故事是这样的：1938年，抗日战争初期，新四军战地服务团在南昌成立。按照规定，团里每月要给团员发放生活津贴。副军长项英决定，凡从延安或八路军来的团员，津贴费一律每月一元；凡从上海等城市来的团员，一律每月十元。这个决定一下达，立即引起了一场风波，从城市里来的青年一致抗议："我们也受过锻炼，为什么要发给我们十元？"他们找项英去理论，说上级对城市兵不信任，坚决要求只领一元津贴费。这场小小的风波以所有人一律只领一元津贴费的方式处理才得以平息。

王辅成在宣讲中说，从年代上看，这场"津贴风波"已经成为遥远的过去，战士们不以多索取为荣，反以为耻。在他们心中，更看重的是革命理想和情操，这是用金钱根本无法衡量的。那个时代留给我们的道德和文化遗产弥足珍贵，其精髓将永远与我们生命的光辉同在。"假如今天发生这样的事情，找项英去理论的会是什么人呢？"每当在课堂上提出这个问题，学生们都会回答说："当然是拿钱少的人。"这时，王辅成总会微微一笑，说："同学们，你们自己去理解，同时也思考一下，你们希望自己做一个什么样的人呢？"

　　站在讲台上的王辅成原本想对学生们说，当代一些人的道德正在滑坡，好的品行渐行渐远，作为当代大学生，应该认真思考如何修身立德，如何做好当代人。但他最终没有将这层含义说出口，他觉得有时候留给聆听者充分的思考空间胜过简单的说教，这样做不仅可以使学生更容易接受，而且还能引发更深刻的思考。

　　自律、慎独、与人为善、为他人着想的王辅成是一根过得硬的标杆。他这支手电筒照亮的不只是别人，更多时候是在照自己；他这把尺子测量的不只是别人，更多时候是在量自己。

　　当年王辅成调离天津市环卫局的时候，上级主管单位答应为他解决一套住房。但他调到天津教育学院工作两三年之后，这套住房依然没有解决。1997年年底的一天，主管学院后勤和行政工作的马海存副院长走进王辅成的办公室，对王辅成说："老王啊，您也知道咱们学院最近分房。按照常规，院领导需要住房的话，要和教育局反映，房源不在院里掌握，为的是更加透明和公平，您如果需要，我去找上级反映。"

　　王辅成想了想，说："我家的住房面积的确小了些，儿子现在长大了，住房有点紧张。但我离开环卫局时，上级主管单位答应给我解决住房问题，我就不给咱教委添麻烦了。"

　　"您都离开环卫局三年了，他们还没给您落实，您得去问问啊。"

　　"他们答应的，一定会解决。为我自己的私事去找领导，总觉得不太好，再等等看。"

　　"老王，别等了，快过年了，您春节去领导家拜年，再催促一下。"

　　"嗯。好！"

　　寒假过后一上班，马海存就问王辅成："您过年去领导家了吗？"

　　王辅成笑了笑："我还真没去。就打了个拜年电话。"

马海存赶紧问："那您说了房子的事没有？"

"我说了，他们说忘了……"

马海存一拍大腿："老王啊老王，你真是一点不为自己的事着想啊，嫂子能这么多年无条件支持你，连我都佩服。"

又过了一段时间，市环卫局给王辅成分配了一套一室一厅的单元房。因为房子小，楼层高，路途又远，王辅成最终把房子换成了六万元的分房款，解决了孩子的结婚住房问题。

担任了十二年副局级领导，王辅成从来都是淡泊名利，笑对得失，心地坦然，从不言悔。他特别推崇古人的这句话："俭，德之共也；侈，恶之大也。"他要通过减少物质欲望来修炼自身的道德情操。有人觉得当领导时如果没有给家人捞点好处，退休时会后悔的。王辅成的看法却是，良好的家风才是留给孩子的最宝贵的财富。不"拼爹"，从小学会自立自强，靠自己的奋斗成为有用之才，这才是孩子的安身立命之本。

很多人都说王辅成活得洒脱，但他心中深知，洒脱的原因是因为他的心里总是站立着一位高大的军需处长。他偶尔和亲近的人说起分房这件事："和那位军需处长的生命比起来，一套房子又算得了什么？讲了这么多遍这个故事，我不能只让别人感动，我要首先去按照这个标准做人、做事。"

"军需处长"是李本深创作的一个故事，也是王辅成在大学进行宣讲时的一个保留故事。每讲述一遍这个故事，他的内心就受到一次震撼。尽管不知道讲述了多少遍，可每一次讲起，他还是那么的动情，他希望故事里的无名英雄能够被当代大学生所铭记。

故事发生在红军队伍在冰天雪地里艰难前进的过程中。将军早把他的马让给了重伤员。他率领战士们向前挺进，在冰雪中为后续部队开辟一条通路，等待他们的是恶劣的环境和残酷的战斗。

2013 年，王辅成参加第四届全国道德模范座谈会

前面的队伍忽然放慢了速度，警卫员跑过来告诉将军："前面有人冻死了。"将军愣了一下，快步朝前走去。走近后看到的是一个冻僵的老战士，倚着光秃秃的树干坐在那里。他一动不动，好似一尊塑像，身上落满了雪，无法辨认他的面目，单薄破旧的衣服紧紧地贴在他的身上。将军的脸色顿时严峻了起来，他转过脸向身边的人吼道："把军需处长给我叫来！为什么不给他发棉衣？"没有人回答他，也没有人走开。"听见没有，警卫员？叫军需处长跑步过来！"将军两腮的肌肉抖动着。这时候有人小声告诉将军："他就是军需处长……"将军愣住了，久久地站在雪地里。他的眼睛湿润了。他深深地吸了一口气，缓缓地举起右手，举到齐眉处，向那位与大山融为一体的军需处长敬了一个军礼。风更狂了，雪更大了。大雪覆盖了军需处长的身体，他变成了一座晶莹的丰碑。

这位不知姓名的军需处长就像立在王辅成眼前的一座路标，不但陪伴了他二十多年的宣讲，也让他追求信仰的脚步从未停下。

这些年来，作为一名彻头彻尾的唯物主义者，王辅成将自己的人生分成了三个乐章：第一乐章是从出生到六十岁退休整整一个甲子的时光，第二乐章是从六十岁发挥余热到离开这个世界这段日子，第三乐章是去世之后还能为这个世界留下些什么。

已经走过七十九年历程的王辅成，在他求学、教学以及含泪前行的第一乐章里，如歌的行板一般留下了许多可圈可点的篇章。在第二乐章中，他感受到了从未有过的激荡豪情。那是 2013 年 9 月 26 日，在北京京西宾馆会议楼前厅，中共中央总书记、国家主席、中央军委主席习近平亲切会见了第四届全国道德模范及提名奖获得者。

当时王辅成站在受接见代表的第二排，当总书记的手与他的手紧紧相握时，他被一种澎湃的心绪所冲击。那一瞬间，三十一年前他在人民大会堂受到党和国家领导人接见的情景重现眼前。三十一年来,他走过的每一步如同慢镜头回放,一帧帧在脑海里闪过。那一刻他在心底充满自豪地对总书记说:我为自己追求信仰和真理的脚步从未停止而骄傲。

一年之后的 2014 年 11 月 26 日,在人民大会堂金色大厅,习近平总书记亲切会见了全国离退休干部先进集体和先进个人代表,王辅成作为天津师范大学的代表再次受到接见。习近平总书记在讲话中充满感情地说道:"莫道桑榆晚,为霞尚满天。"他希望广大老同志珍惜光荣历史,永葆政治本色,继续以身作则,弘扬党的光荣传统和优良作风,继续为实现"两个一百年"奋斗目标、实现中华民族伟大复兴的中国梦做出积极贡献。

"莫道桑榆晚,为霞尚满天。"王辅成在心里随着总书记轻轻地吟诵,这是他最喜欢的两句诗词,也是他退休后一直用来鞭策自己的宗旨。十几年来他走遍了天津的高校,打开了几十万大学生的心扉,为这些莘莘学子在人生的起点处推开了一扇真理的窗。"辅成啊,你要沿着这样一条传播真理、追求信仰的路走下去,直至人生的终点。"那一刻,他郑重地对自己说。

王辅成从不回避人生的第三乐章,对于一个人来说,那虽然是人生的终点,但又何尝不是另一种开始?因为,信仰的乐章没有休止符。

结 语

渐渐地，王辅成这位曾经陌生的老人，成为我最熟悉的人、最敬佩的人。

致敬，向一个高尚的人

——写给我采访本上的王辅成

因为酷热，2018 年的盛夏显得格外的漫长，但一次次多年不遇的高温橙色预警并没能阻挡住这位长者的脚步。步行街上、公交站旁、地铁车厢里，总能见到这位老人提着手袋的身影。为了准时赶往宣讲会场，他把自己调成了一座精准的钟，沉稳大气，铿锵有力。

这位长者名叫王辅成，是我这本书的主人公。

当初接受为王辅成撰写报告文学的任务时，我还有些犹豫，因为我发现这位长者的名字前面挂着那么多的荣誉头衔，会不会一下子把他写成不食人间烟火的英雄，或者与现实生活格格不入的高高在上的典型？如果是那样的话，不但文字没有温度，人物形象也不会鲜活。

犹豫之外，我还有些疑惑，在信息爆炸、文化多元的今天，这种讲台上的宣讲究竟会有多大的效果和反响？几十万人次的听众中，到底有多少人能够接受和认同他的观点？

除了犹豫和疑惑，我还有些好奇。我特别想知道，究竟是一种什么样的力量，支撑着这位年近八旬的老人，有着如此坚定的信仰，有着如此持久的毅力。

带着这些疑问，在草长莺飞的初春，我一步步地走进了他的内心世界。

一晃四个多月过去了，树叶从新绿到葱郁，云朵从轻薄到厚重，我跟随着他，听他讲自己的童年故事，听他讲大半生的心路历程，翻阅他的一本本字迹工整的笔记，一次次地听他在各类单位、团体的讲座，参加一场场关于他的座谈会，还一位位地采访他的学生和听众。渐渐地，王辅成这位曾经陌生的老人，成为我最熟悉的人、最敬佩的人，我也成了走入他心灵深处的人，成为他信赖的人。

　　就这样，在我们两代人的倾心交谈中，在被我记得满满的几个笔记本里，王辅成仿佛又重新走过他七十九年的岁月。我记下了他的平常心，记下了他的荣耀，记下了他含泪前行的委屈，更记下了他对党义无反顾的忠诚，记下了他对共产主义信仰的无悔追求。

　　每当我坐在一场场宣讲会的台下，和大家一起听他讲党课，听他传播真理时，都会被那些我早已熟稔的内容所打动——他的博学令我起敬，他的文采令我赞叹，他两三个小时站在原地不挪一步的专注令我折服，而他那花白的头发和瘦削的身躯又令我心疼。

　　就这样，我的采访本上密密麻麻地记录了几万字的采访笔记，每一页都对应着一个甚至几个难忘的细节。

　　这一页，采访的是王辅成的学生们中年龄最大的一位。六十八岁的杜志勇特意从北京的家中来津接受采访。采访中，他一直兴致盎然地讲着，甚至从椅子上站起身来，他说："我要站着讲我心中的王老师！"他兴奋地一边打着拍子，一边唱起了当年王辅成带领大家淘粪时唱的歌曲："小粪车，好呀好朋友……"他说同学们聚会时，六十七八岁的老头们，见到王老师，个个毕恭毕敬，仿佛又回到了五十多年前的学生时代。他说，王老师是我们一辈子都会敬重的人。

　　这一页，采访的是聆听过王辅成党课的听众中年龄最小的几位，他们是来自万全道小学的学生，王爷爷告诉他们，节约每一滴水、每一度电，与人说话时要有礼貌，这些都是文明的标志。他们认真地听

本书作者(左)到家中采访王辅成

2018 年 7 月，王辅成在大雨后蹚着水到天津市文联演讲

讲,郑重地点头,他们说:"王爷爷的话我们听得懂。"

这一页,采访的是王辅成在天津教育学院工作时的老同事。他们从天津师范大学离退休处处长苏秀娟那里听说有人要为王辅成写书,四位七八十岁的老人,或是骑自行车,或是乘公交车,都早早地赶到学校。座谈时,八十岁的崔宪昆第一个发言。他戴上老花镜,拿出整整八页信纸,纸上是他连续几天经过认认真真的回顾,一笔一画写下的关于王辅成的回忆。他的第一句话是:"对照新党章,我越发觉得辅成的伟大,我的渺小。"那一瞬间,我的眼泪夺眶而出,为的是他们这份深厚的同志和同事情谊!其实,按照崔老的说法,他们当年相处的时间并不算长,但王辅成凭借自己的真诚和奉献赢得了这份敬重。

渐渐地,关于王辅成的零散印象拼出了一个完整的形象,而且这个形象随着采访工作的逐步深入还在不断地丰满。那一刻,我看到了他的很多侧面。

这是一个守信的人。

2018 年 7 月 24 日,多年不遇的暴雨席卷津城。在这一天的台历上,王辅成安排的是为天津市文联学习习近平新时代中国特色社会主义思想专题培训班讲课,课程被定在上午九点半开始,为期一整天。

清晨,大雨瓢泼。市文联党组书记万镜明关切地让我和王辅成电话商量,表示为了老人家的安全,讲座改日举办。王辅成说,如果培训班不停课,我的宣讲就照常,大雨算不了什么。

于是,那天早晨,我陪着王辅成提着鞋、光着脚、蹚着没膝的积水,一步一探地走进了位于新华路上的文联大楼。即使路况举步维艰,他还是执意不让人搀扶。

进了办公室,王辅成的白衬衣早已湿透,皱巴巴地贴在后背上,裤子也湿了一大片,谁知他笑了笑说:"我小时候就喜欢踩水,这样踩踩水挺好的。"

　　王辅成开始了他的宣讲,仅比预计时间晚了半小时。此时的他,身上穿的是一件由一位文联干部借给他的衬衣,脚上踩的也是别人换给他的干爽的鞋,虽然不太合脚,但他仍然站着开讲,而且坚持站了上下午两个半天,中间只在午饭的时间短暂地休息了一下。这是一顿简单到了极点的午餐:一碟炒面,一碗绿豆汤,还有一杯酸奶。王辅成说:"好吃。"那天的大雨让天津的不少街道交通阻塞,可是文联的全体干部却无一迟到和早退,他们用一次次热烈的掌声向王辅成表达由衷的敬意。

　　这是一个好学的人。

　　2018 年 4 月 24 日上午十点,天津师专高二十班同学聚会,王辅成正是从这里走向教师岗位的。这是三十多位老人期盼许久的聚会。"同窗难忘,风雨沧桑六十春"的横幅可谓笔笔回忆,字字真情。老人们一见面,有的急忙回想着彼此的名字,有的兴奋地说着当年的趣事,还有的相互喊着对方的外号。大家对王辅成印象最深的,是他在学校时的博览群书,他特别喜欢鲁迅,喜欢朗读,喜欢背诵,喜欢每天在黑板的边上写上一句格言。他们感慨地说,一个甲子归来,辅成一如少年时那般酷爱读书。

　　如今经常是王辅成在台上脱稿讲课,听课的学生们在课下交流:我们的学习用品越来越高级,电脑配置越来越高端,手机功能越来越复杂,可为什么在这些用具提供了那么多的便利下,我们的记忆力却比不上王老师这位古稀老人呢? 比不上他的手卡和笔头,比不上他的用心去吟咏、用头脑去熟记。王老师不需要百度,他的大脑就是百度。

这是一个节俭的人。

王辅成的手里总是握着一沓自己做的手卡，上面写着他讲课时需要用到的名言警句。虽然这些内容他早已经倒背如流，但他还是担心年纪大了偶尔会忘记。手卡带给他的踏实无可替代，他可以随时随地翻看，沉浸在反复背诵的享受中。正是这样的不断强化，才让他的一千多场讲座从来没有出现过"卡壳"的现象。

他的手卡全部是用废弃的包装盒裁剪而成，白色的一面写字，与背面花花绿绿的广告形成鲜明对比。在演讲中，他从不拒绝时尚，同时又在时尚中尊崇着对传统的传承。

这是一个温情的人。

一次，我陪他去大学宣讲，我负责开车，他坐在副驾驶的位置上。汽车驶过一个公园时，他说："十几年前，我的孙子三四岁的时候，我带他到这个公园玩，还骑过门口的大石狮子呢。哦，就是这个石狮子，它还在这里呢。我的孙子已经上高中了。哦，已经过去这么多年了。"他一边感慨着一边侧身望着车窗外，直到车驶过公园，他还在回头张望。

每年除夕，王辅成都会给全家人背诵鲁迅《祝福》中的片段。老伴儿在厨房包着饺子，他逐字逐句地背诵着文章的最后一段：

　　我给那些因为在近旁而极响的爆竹声惊醒，看见豆一般大的黄色的灯火光，接着又听得毕毕剥剥的鞭炮，是四叔家正在"祝福"了；知道已是五更将近时候。我在蒙胧中，又隐约听到远处的爆竹声联绵不断，似乎合成一天音响的浓云，夹着团团飞舞的雪花，拥抱了全市镇。我在这繁响的拥抱中，也懒散而且舒适，从白天以至初夜的疑虑，全给祝福的空气一扫而空了，只觉得天地圣众歆享了牲醴和香烟，都醉醺醺的在空中蹒跚，豫备给鲁镇的人们以无限的幸福。

他的背诵一字不差，而且极富感情。老伴儿很享受地听着，却不会闲下手中的擀面杖，喷香的饺子馅一个个地被捏进饺子皮里，团圆和幸福也仿佛一起被包了进去。老伴儿说，这段话，辅成会从正月初一一直背到正月十五。

这是一个无私的人。

每次宣讲中，他都会说到他的人生观、他的生死观，他不仅要在去世后捐献器官，还要将自己的遗体全部捐献，制成医用教具供医学研究之用。我到他家采访时，他也说起了这个话题。坐在一旁的老伴儿听到后，会低声地埋怨一句："你倒是想得开，可总得给孩子留个念想啊。"

采访了这么久，如果非要用一句话来概括王辅成，我觉得，他是一个像火炬一样能够给他人带来光明的人。他的纯粹像一块晶莹剔透的琥珀，他的谦和像一株因为饱满而弯下腰身的谷穗，那些被我在采访间隙捕捉到的细节，雄辩而准确地验证着他的崇高品质，凸显着他的人格魅力，让人不由得肃然起敬。

即使是在最难挨的三伏"桑拿天"里，每当接到各单位邀请他去做演讲的电话时，他都会迅速看一眼桌上画得如地铁线路一般五颜六色的台历，只要时间上不冲突，他就会马上答应下来。那一刻，他仿佛是在履行一项神圣的责任。

有一次我去他家采访，在大堂的对讲门牌上按下他家的门牌号时，旁边的保安温和地说："这位老人可和蔼啦。"他接着对我讲起了一件发生在一年前的事。当时他的一位同事值班时忽然感到不舒服，正好赶上王老师刚回到家，王老师没有像其他住户一样匆匆而过，而是掏出一千元钱，对旁边的另一位保安说："我年纪大了，没有精力陪他去就医，拜托你们赶紧送他去医院吧。"

当媒体频繁报道王辅成的先进事迹时，有人这样说："王辅成这么多年义务宣讲，说啥都不图，我不信，我看他一定是图个名。"

听到这番话后，王辅成笑了，他不紧不慢地说："他们还真说对了，我还就是图个名，图个共产党员堂堂正正的名！"

王辅成的三观宣讲潜移默化地影响着每一位听众，也影响着作为采访者的我，让我从一个旁观者成为后来的参与者，再到今天的传播者。采访他的那段时间里，正赶上我跟随公安部文联来到西柏坡，在党旗下重温入党誓言，再次感受到了那份久违的激动。那一刻，我听到自己的声音有些颤抖；那一刻，我想到王辅成在宣讲中说过的话："我们走过弯路，我们也会犯错误，但请相信，我们的国家会越来越好。孩子们，我们应该给祖国一点时间。"

讲台上的王辅成把宣讲三观视为自己后半生的追求，这也成了他生活中不可缺少的一部分。在年复一年的奔走宣讲中，他在不知不觉间扮演了无数干部群众的"信仰规划师"的角色，一届又一届的学生视他为人生导师，在他富有激情的宣讲中感受着信仰的力量，跟随着旗帜的引领，沐浴着人格的光辉，从而将人生之路走得更稳、更充实、更有意义。王辅成的宣讲从不回避社会的痛点，但又总能找到解决的途径。他强调共产党员的精神之钙，也看重普通人的人格之基。他说，道德解决的是善良的基因，信仰反射的是真理的光芒，我要给更多的人装上思想的引擎，让他们实现更大的人生价值。

我在王辅成的身上清晰地看到了这样一条逻辑主线——自觉的

行动来源于深刻的认识，深刻的认识来源于理论上的清醒，理论上的清醒来源于勤奋、认真、持之以恒的学习，勤奋、认真、持之以恒的学习来源于对马克思主义的坚定信仰和对党的无比忠诚。这些年来，王辅成从未停止过探索的脚步，他用语文老师特有的讲课技巧、思维方式和感人语气，给同学们讲着哲学和人生，不仅为哲学增添了文学的色彩，也让马克思主义宣讲变得更加通俗易懂。

他不止一次地说，在清晨的朝霞里，一个人诵读古今经典诗词，那份逍遥自在真是幸福啊！

他不止一次地说，要用尽全部心力让自己这抹"夕阳红"染到更多更远的地方。既能坚守自己的准则，又能影响那么多人，这也是幸福啊！

他还不止一次地说，以自己的年纪，来日无多，所以更加珍惜每一次宣讲的机会，也更加珍惜每一次在讲台上诵古读今的机会。"也许我在某一次讲座时倒在讲台上永远地睡去，但这对我来说，依然是件幸福的事情。"

站起和倒下的幸福，连同信仰、忠诚、奉献与善良，这就是王辅成这位普通的、大写的共产党员永远的诗和远方。

不，幸福从来不会倒下，会一直沐浴着真理的光芒，闪耀在未来，以及那些追逐真理者的前方。

附：王辅成演讲稿

信仰、信念、理想，是一个人的世界观、人生观、价值观在人生奋斗目标上的集中体现。

九个"一定要"

——担当民族复兴大任的时代新人的基本条件

一、大学生一定要坚定理想信念

多年来，我们进行的理想信念教育的主要内涵是"四信"——对马克思主义的信仰，对社会主义的信念，对改革开放和现代化建设的信心，对党和政府的信任。

2015 年，习近平总书记在中央政治局第二十六次集体学习时强调指出："我们共产党人的根本，就是对马克思主义的信仰，对共产主义和社会主义的信念，对党和人民的忠诚。立根固本，就是要坚定这份信仰、坚定这份信念、坚定这份忠诚，只有在立根固本上下足了功夫，才会有强大的免疫力和抵抗力。"

习近平总书记的这一论断可以说是今日中国关于信仰、信念、理想的最新概括和最新表述，我们大学生应牢记在心。

信仰、信念、理想，是一个人的世界观、人生观、价值观在人生奋斗目标上的集中体现。

理想的缺失是最致命的缺失，信念的动摇是最危险、最可怕的动摇！

海阔凭鱼跃，天高任鸟飞。

在今日之中国，放飞青春梦想的大学生，应该让青春之花绽放在祖国最需要的地方。

2014年五四青年节前夕，习近平总书记给河北保定学院西部支教毕业生群体代表回信，勉励青年人到基层和人民中去建功立业，在实现中国梦的伟大实践中书写别样精彩的人生。

从2000年至2013年，河北保定学院已有近百名毕业生自愿到西部工作、生活，他们在雪域高原、西部边陲教书育人，把一腔赤诚和师者大爱奉献给边疆人民，把青春与梦想安放在西部大地，为西部地区社会经济的发展、民族的团结进步做出了积极的贡献。2000年，河北保定学院毕业生庞胜利满怀服务边疆的激情，来到新疆维吾尔自治区巴音郭楞蒙古自治州且末县支教。如今，那个意气风发的大男孩已是一个九岁男孩的父亲了。庞胜利说："总书记的回信让我深受鼓舞，把支教工作坚持下去，我感觉人生非常有意义。"2013年，从厦门大学毕业的卢军来到西藏。如今，有着医学和新闻学双学位的卢军还在西藏收获了爱情。他说："总书记的回信更加坚定了我留在西藏的想法。"习总书记的回信让即将去宁夏支教的复旦大学2010级材料科学系的大四女学生范圣男越发坚定了自己的选择。她说："作为一个名校毕业的女孩子，找份体面工作，再嫁个有钱人，可能是最稳妥的选择。但我觉得，青春就是最大的资本，应该让自己多经受一些历练。"

"功崇惟志，业广惟勤。"理想指引人生方向，信念决定事业成败。

中华民族伟大复兴的中国梦，就是大学生应该树立的理想；中国特色社会主义道路，就是大学生应该确立的信念。

我在小的时候背过一首谚语诗："母鸡的理想，不过是一把糠；对蚂蚁来讲，一碗水就是海洋。让我们仿效雄鹰——到广阔的天际飞翔！"我愿把这束当年激励自己立志的花朵，献给当代的年轻朋友们！

二、大学生一定要练就过硬本领

　　青年人的素质和本领直接影响着实现中华民族伟大复兴的中国梦的进程。学习是成长进步的阶梯，实践是提高本领的途径。

　　青年人要树立"梦想从学习开始，事业靠本领成就"的观念。不以浮夸的辞藻编织瑰丽的美梦，不以渺茫的希望慰藉空虚的灵魂。我先给大家讲两个关于过硬本领的故事。

　　一个是"斯坦门茨线"的故事。讲的是德国人斯坦门茨被美国的一家小厂雇用，他是一个有着高超电工技术的工程师。一次，美国福特汽车厂的一台大型电机在运转时出现异响，厂里的工程师们检查了一两个月也找不出症结所在。后来，福特汽车厂停工了。无奈之下，他们请来了斯坦门茨。

　　这位德国专家只带了一块塑料布和一支粉笔。他用塑料布搭了个小棚子，然后观察了一两天。在此过程中，他用很普通的工具这里敲敲，那里看看，再俯下身子听听。经过计算，他在电机上画了一条线，然后对福特汽车厂的有关人员说："你们在我画线的地方把电机打开，然后把线圈减少十六圈就行了。"技工们照办后，生产线果然全部开动了。

　　事毕，福特向斯坦门茨支付了一万美金。这引来了一些人的风凉话："画一条线就值一万美金？"

　　于是，斯坦门茨在收款单的背面写上了这样一段话："画一条线仅值一美元，但是，知道把这条线画在哪里，却值九千九百九十九美元。"

　　好一个回答！

　　这就是著名的"斯坦门茨线"的故事。

后来，这个消息传到了美国通用电气公司，公司为了争夺人才，用高于原工厂几倍的薪酬聘请斯坦门茨，却遭到了他的拒绝。斯坦门茨给出的理由是："在我最困难的时候，这个小厂救了我。"通用电气的董事们不死心，研究决定——把这个德国人和整个小厂子一起买下来。

第二个是扁鹊之兄的故事。一天，魏文王问扁鹊："你们弟兄三人中，谁的医术最高明？"扁鹊答："是我兄长。"魏文王很奇怪："既然你的兄长医术最高明，那为什么你很有名，而你的兄长却不出名呢？"

扁鹊回答说："我的兄长'于病视神'，在病刚刚有了一点苗头，甚至端倪未露的时候，就能敏锐地发现并将疾病根除，所以他'名不出于家'。"

能够发现尚未成形的疾病，并立即予以根除，本领不可谓不大。但以世俗的眼光看来，只有能"起死回生"的扁鹊才会被视为高手。

在中国两千多年的历史中，甚至直到未来，也许人们只知神医扁鹊，不知医术更加高明的扁鹊之兄。让我们安作支撑着高楼广厦的基石吧！

讲了这两个故事之后，我们来探讨一下本领过硬之因。

王安石不仅是著名的文学家，而且是力倡革新的政治家，他的名文《游褒禅山记》中有这样一段话值得我们思考："古人之观于天地、山川、草木、虫鱼、鸟兽，往往有得，以其求思之深而无不在也。夫夷以近，则游者众；险以远，则至者少。而世之奇伟、瑰怪、非常之观，常在于险远，而人之所罕至焉，故非有志者不能至也。有志矣，不随以止也，然力不足者，亦不能至也。有志与力，而又不随以怠，至于幽暗昏惑而无物以相之，亦不能至也。然力足以至焉，于人为可讥，而在己为有悔；尽吾志也而不能至者，可以无悔矣，其孰能讥之乎？此余之所得也。"

三、大学生一定要勇于创新创造

创新是民族进步的灵魂，是国家兴旺发达的不竭源泉，也是我们伟大的中华民族最深沉的民族禀赋，正所谓"苟日新，日日新，又日新"。

2016年，在哲学社会科学工作座谈会上，习近平总书记指出："没有18、19世纪欧洲哲学社会科学的发展，就没有马克思主义形成和发展。"

马克思主义是批判创新的榜样。

马克思批判了黑格尔的唯心主义，但又充分肯定了黑格尔概念辩证法的理论贡献，并且在批判和吸收的基础上，形成科学的唯物主义辩证法。黑格尔的辩证法理论中深藏着无数珍宝，马克思、恩格斯、列宁、毛泽东等都从中获益匪浅。当代中国社会科学只有坚持马克思主义，批判地吸收中国传统文化以及国外哲学社会科学的最新成果，才能真正站到人类思想的顶端，创造出属于自己的美好未来。

在我国，创新创造应是万众的创新创造。每一个大学生都要树立"每个人都应是创新者"的理念。我们要在独创、独有上下功夫，在事半功倍上下功夫。美好的未来不会理所当然地到来，大学生朋友们，在这个创新的时代，你究竟是无所作为呢，还是尽力而为呢？

科技是国之利器。国之利器在科技，科技源泉在创新，创新的本质在于变。如果我们不识变，不应变，不求变，我们就有可能陷入战略被动，错失发展机遇，甚至错失整整一个时代。

科技创新是一条艰苦卓绝的路，既要有只争朝夕的紧迫感，又要有耐得住寂寞的坚韧之心。虚浮夸饰、造作伪饰都是创新创造的大敌。它们毒化创新的生态，它们扼杀创新的灵魂，它们将会吞噬我们国家和民族的未来。弘扬创新精神，"实"字是关键。只有"实"才能给我们的国家和我们的人民带来实实在在的福祉。

鼓励创新就要容忍失败。无数失败的积累是创新的必经阶段和过程。这个"容忍"不仅指别人对自己的容忍，更指自己对自己的容忍。任何创新创造都不是在现有条件下出现的。在积累到一定条件时，常常是"一个不经意的灵感"使你获得成功。如果失去了对自己的"容忍"，也就失去了那个"不经意的灵感"，也就失去了创新的成功。这里，我不禁想起印度诗人泰戈尔的诗句来——"即使是希望的琴弦断了，也要用无声的歌去追求未来"。

四、大学生一定要矢志艰苦奋斗

"矢志"是什么意思？《现代汉语词典》给出的解释是：发誓立志。我们的工作和生活条件从来没有像今天这样好过，如果说"我们今天还要继续艰苦奋斗"，这不难理解，但如果说"还要发誓立志去艰苦奋斗"，就不见得所有大学生都能够理解了，或者说，不见得所有大学生都能够深刻理解。

"广大青年一定要矢志艰苦奋斗"，这是 2013 年五四青年节时，习近平总书记在同各界优秀青年代表座谈时提出的希望。因此，我们有必要认真地阐述一下。为了帮助大家加深对"矢志艰苦奋斗"的理解，我向大家推荐一篇古文——《训俭示康》。这是宋朝的大文学家司马光写给儿子司马康的文章，用以教导他崇尚节俭。文中举出多个例证，为的是阐明大贤们的深谋远虑以及俭立侈败的道理。特别是对鲁国大夫御孙的话的引用和解释，更是精彩而深刻。

御孙曰："俭，德之共也；侈，恶之大也。"共，同也，言有德者皆由俭来也。夫俭则寡欲，君子寡欲，则不役于物，可以直道而行；小人寡欲，则能谨身节用，远罪丰家。故曰："俭，德之共也。"侈则多欲。君子多欲则贪慕富贵，枉道速祸；小人多欲则多求妄用，败家丧身；是以居官必贿，居乡必盗。故曰："侈，恶之大也。"

这话讲得何等切中肯綮，何等入木三分啊！联系我们的现实，就好像对我们现在的人讲的一样。

艰苦奋斗是中华民族的传统美德。夸父追日、精卫填海、愚公移山的故事和"艰难困苦，玉汝于成"的成语，以及"历览前贤国与家，成由勤俭破由奢"的诗句等，一直都是推动中国历史发展的强大精神动力。艰苦奋斗更是中国共产党人的优良传统和作风！当年毛主席在延安和西柏坡期间，生活简朴到擦脸和擦脚只用一条毛巾。他曾风趣地说："我多用一条毛巾，可能费不到哪里去，可是如果全军每个人都能节约一条毛巾，省下的钱，我看就够打一次沙家店战役了。"

如今有些人或醉生梦死，或蝇营狗苟，吃它个惊天动地，穿它个史无前例，住它个前无古人，玩它个随心所欲，行它个威风八面，斗它个唯钱独尊……不以为耻，反以为荣。他们既毁了自己，更毒化了社会风气，实在太可怕了，实在太危险了，实在应该唤醒和强化我们的忧患意识了！

人类的美好理想，不可能唾手而得。空谈误国，实干兴邦。

祸兮福所倚，福兮祸所伏。舒适安逸的生活有可能削弱我们的斗志。"温饱思淫逸"，这是我们必须主动迎接的严峻挑战，而且还是我们必须迎而胜之的挑战。

早在 1939 年，毛泽东同志就曾深刻而辩证地指出："没有坚定正确的政治方向，就不能激发艰苦奋斗的工作作风；没有艰苦奋斗的工作作风，也就不能执行坚定正确的政治方向。"

没有艰苦奋斗的精神与作风，"两个一百年"的奋斗目标、中华民族伟大复兴的美好理想，都将成为黄粱一梦。这就是我们为什么要"矢志艰苦奋斗"的最根本的缘由。

五、大学生一定要锤炼高尚品格

习近平总书记强调指出："核心价值观，其实就是一种德，既是个人的德，也是一种大德，就是国家的德、社会的德。国无德不兴，人无德不立。"

我们伟大的中华民族自古就非常注重道德的培育和养成。《左传》云："太上有立德，其次有立功，其次有立言。"由此可见，我们的前辈把立德看作是人生的最高境界。

各个国家和民族都是非常注重道德的养成的。作为意大利文艺复兴运动代表人物之一的但丁就有过这样的名言："人不能像走兽那样活着，应该追求知识与美德。"德国科学家爱因斯坦则更加鲜明地指出："学者必须德才兼备，与美善为邻。徒有专业知识，只不过像一条训练有素的狗，而非仁人君子。"

大学生锤炼品格，一定要做到言行如一。我国古代文学家、思想家荀子说过："口能言之，身能行之，国宝也……口言善，身行恶，国妖也。"我们大学生都要力争做"国宝"，绝不做"国妖"。

在今日之中国，讲锤炼高尚品格时，一定要把"人民第一，他人第二，自己永远是第三"当作终生的座右铭！要永远牢记：始终把人民放在心中的最高位置。

习近平总书记曾在全国高校思想政治工作会议上强调："高校立身之本在于立德树人。"我们一定要把立德树人作为教育的根本任务。

我国的道德建设共有四个层面：社会公德、职业道德、家庭美德、个人品德。在当前,我们大学生的道德修炼和道德养成,应在以下六大方面狠下功夫:不为财所困,不为利所动,不为名所驱,不为色所迷,不为情所扰,不为死所惧。

在当代中国,讲道德、讲品格,有一个人是不能不提的,这个人就是雷锋。

雷锋是社会主义中国一座永恒的道德与精神的丰碑。他没有惊天动地的壮举,也没有轰轰烈烈的伟绩,他只是以自己平凡的善行和执着的付出,温暖着天底下所有需要他帮助的人们;他的平凡的善行和执着的付出,没有任何个人功利的盘算,没有任何希望得到回报的想法,更没有作秀、表演乃至投机取巧的卑劣念头,他只有一颗金子般纯净的心。雷锋就是当年为毛泽东同志所盛赞的那种真正高尚的人、纯粹的人、有道德的人、脱离了低级趣味的人、有益于人民的人,雷锋就是我们的党今天正在大力倡导的那种始终把人民放在心中最高位置的人,雷锋就是为了实现中华民族伟大复兴的美好理想,我们的党正在着力培养和造就的千千万万个真正大写的人!雷锋就是我们大学生锤炼高尚品格的楷模!

六、大学生一定要终生勤奋学习

学习既是修身立德之本,更是增智创新之基。

习近平总书记强调指出:"中国共产党人依靠学习走到今天,也必然要依靠学习走向未来。"作为一名大学生,我们个人的成长历程也是如此。大学生要成才也必须把坚持勤奋学习作为一种政治责任、一种精神追求,树立主动学习、终生学习的理念,在学习中加强修养、提升境界,在学习中开阔视野、丰富知识,在学习中掌握规律、探求真理,在学习中提高本领、做好工作。

毛泽东同志更是全党全国公认的勤奋学习、终生学习的典范。他的一生从来没有停止过学习,书籍伴随他度过了波澜壮阔的一生。毛泽东同志不仅善读有字之书——向书本学习,而且还善读无字之书——向实践学习和向群众学习。

大学生加强学习,首先是要努力钻研马克思主义理论,打牢马列主义理论功底。这是我们大学生成才和做好一切工作的看家本领。

在 21 世纪的今天,各领域学科总计已达两千余门。有专家学者建议,一个健全的人起码要粗通以下十二大学科:数学、物理、化学、天文、地理、生物、文学、历史、哲学、政治、法律、经济。

大学生加强学习,要重视三大途径:一是向书本学习,指读有字之书;二是向实践学习;三是向群众学习。后面两大途径指的是读"无字之书"。这两大途径也是非常重要的。古往今来,许多人一生并没有读过太多的书,可是他们注重在实践中刻苦钻研,能够虚心、诚恳地向群众学习,在这样的人中,最后学有所成、卓有建树的也大有人在。

大学生加强学习,一定要背记一些有关学习的格言、警句、谚语等,用以激励自己,永不懈怠。比如萧伯纳说:"你应该小心一切假知识,它比无知更危险。"再比如法国思想家爱尔维修讲:"无知会使智慧因为缺乏食粮而萎缩。"意大利诗人彼特拉克也曾说过:"书籍使一些人博学多识,但也使一些食而不化的人疯疯癫癫。"俄国作家列夫·托尔斯泰曾说:"重要的不是知识的数量,而是知识的质量。有些人懂得很多很多,但却不知道最重要、最有价值的东西。"我国古代文学作品中也有许多强调学习重要性的语句,比如"学而不思则罔,思而不学则殆",还有"书山有路勤为径,学海无涯苦作舟"。列宁也曾说过:"只有用人类创造的全部知识财富来丰富自己的头脑,才能成为共产主义者。"毛泽东主席曾讲道:"我们要振作精神,下苦功学习……有些同志把工作以外的剩余精力主要放在打纸牌、打麻将、跳舞这些方面，我看不好。应当把工作以外的剩余精力主要放在学习上，养成学习的习惯。"

大学生加强学习，应该实现两个升华：一是把勤奋学习升华为生活的有机组成部分，二是把勤奋学习继续升华为幸福的组成部分。

我国的全民阅读率在世界上还是比较低的，希望大学生们在提高我国的全民阅读率方面起到带头作用。

当年，我的恩师曾让我们背诵过一段与读书有关的文字，我在这里分享给大家，愿与莘莘学子共勉："读书，将从根本上提升一个人的品位；读书，将使我们的生命因丰富而厚重；读书，将使人远离物欲的喧嚣，获得精神的超越和心灵的清宁。离开了书，人会在安逸或沉醉中失去追求的热望、探究的执着，失去对庸常的拒斥和对灵魂高翔远骛的憧憬；离开了书，人会在不知不觉中逐渐暗淡、萎缩和沉沦。唯有读书，才能拓展和延伸我们有限的经验时空，一册在手，咫尺之内，尽可思接千载，视通万里，几千年人类文明的珍花异卉，任你观赏采撷，凭借一双灵眼的导引，你可以自由而强健地徜徉在辽阔无垠的精神沃野之上。"

七、大学生一定要善于明辨决择

2014年的五四青年节时，习近平总书记在北京大学师生座谈会上，对全国青年提出要"善于明辨是非，善于决断选择"。

习总书记说："面对世界的深刻复杂变化，面对信息时代各种思潮的相互激荡，面对纷繁多变、鱼龙混杂、泥沙俱下的社会现象，面对学业、情感、职业选择等多方面的考量，一时有些疑惑、彷徨、失落,是正常的人生经历。关键是要学会思考、善于分析、正确抉择,做到稳重自持、从容自信、坚定自励。要树立正确的世界观、人生观、价值观,掌握了这把总钥匙,再来看看社会万象、人生历程,一切是非、正误、主次,一切真假、善恶、美丑,自然就洞若观火、清澈明了,自然就能作出正确判断、作出正确选择。正所谓'千淘万漉虽辛苦,吹尽狂沙始到金'。"

面对世界的深刻复杂变化,面对鱼龙混杂、泥沙俱下的社会现象,大学生怎样才能明辨是非,怎样才能正确判断,怎样才能正确抉择,怎样才能做到"稳重自持、从容自信、坚定自励"呢?习总书记明确指出"要树立正确的世界观、人生观、价值观"。

其实早在 2013 年五四期间,习近平总书记在同各界优秀青年代表座谈时,就已经两次语重心长地提出"树立正确三观"的期望与要求了。一是提到"要用中国梦打牢广大青少年的共同思想基础,教育和帮助青少年树立正确的世界观、人生观、价值观"。习总书记还提到"青年面临的选择很多,关键是要以正确的世界观、人生观、价值观来指导自己的选择"。

习近平总书记主政以来,非常强调帮助和引导青少年树立正确三观这个战略问题。习总书记给世界观、人生观、价值观这三观戴上了两顶桂冠,一顶是"总开关",一顶是"总钥匙"。这是伟大政治家的高屋建瓴的政治远见,是我们党和国家的大幸。

中国梦是要靠人去实现的,是要靠牢固地树立了正确三观的人去实现的。离开了正确的三观,接班人有可能变成掘墓人!

大学生树立正确的三观,起码要弄清四个问题:一是三观之间内在的逻辑关系;二是在当代中国树立正确三观的重要性和紧迫性;三是人生观的十大子观点,即价值观、生死观、公私观、幸福观、道德观、婚恋观、友谊观、美丑观、荣辱观、真理观;四是树立正确三观的途径和方法。

帮助青少年自觉、牢固、持久地树立正确三观，可谓一项真正的系统工程。虽然人生的道路很漫长，但紧要之处往往只有几步。青年时期正是三观养成的关键时期，我衷心祝愿青年朋友们努力扣好人生的第一粒扣子。

八、大学生一定要钦仰忠诚老实

钦是敬重，仰是景仰，忠诚老实就是习近平总书记在 2014 年五四青年节时所强调的"笃实"。

忠诚就是对党和人民忠诚，这个忠诚要终生不渝。

老实就是做人、做事要老老实实。一位哲人说过："你能在所有的时候欺瞒某些人，也能在某些时候欺瞒所有的人，但是，你不能在所有的时候欺瞒所有的人。"

九、大学生一定要严守法纪规章

大学生一定要牢记，最重要的一条政治纪律是：在思想上、政治上、行动上与以习近平同志为核心的党中央保持高度的一致。

大学生从年轻时就应树立法纪重于生命的理念。

大学生要牢记三个故事：第一个，邱少云的故事；第二个，春秋时期"李离伏剑"的故事；第三个，战国时期"腹䵍斩子"的故事。

当代大学生是可爱、可信、可贵、可为的一代。衷心祝愿当代大学生振翅高翔，鹏程万里！

从"保尔与比尔谁更伟大"的争论谈起

——关于价值观的思考

  2000 年,电视剧《钢铁是怎样炼成的》一经播出,便在全国产生了强烈反响,并引起以青年人为主体的一场争论。争论的话题是——保尔(保尔·柯察金,《钢铁是怎样炼成的》故事主人公)与比尔(比尔·盖茨,美国微软公司联合创始人)谁更伟大? 当今时代更需要保尔还是比尔? 这场争论涉及价值观的一些深层问题。由于人们的观点、立场、经历、目的各不相同,争论中的分歧之大是不言而喻的,有些争论又远远超出了价值观的范畴。我认为,保尔与比尔这两个人是没有可比性的。如果硬要将二人进行比较,很有些"关公战秦琼"的滑稽味道。保尔是 20 世纪二三十年代的苏联英雄,比尔是当今美国的亿万富翁。保尔在精神上可谓富有,比尔则以在物质上富有而著称。这该如何比较呢? 其实,参与争论的双方都清楚——争论的实质是物质财富与精神财富相比,哪个更重要的问题。就物质财富与精神财富的关系而言,我十分赞同俄国作家陀思妥耶夫斯基的一段名言:"首先是最崇高的思想,其次才是金钱。光有金钱而没有最崇高的思想的社会是会崩溃的。"

  价值观是人生观的几个重要子观点中比较复杂的一个。如今,国内外对"价值"的界定有几十种之多。不光是青少年,就是成年人、老年人读之,也有眼花缭乱之感。再者,虽然早在两千多年以前,我国的思想家和古希腊的哲学家的著作中就已涉及价值问题，但对该问题进行系统的探讨研究，不过是近百年的事情。

1982年，一则新闻引发了我国对价值观的集中的、大规模的、群众性的讨论。在我国古城西安，第四军医大的学员张华为了拯救一名落入粪池后沼气中毒的六十九岁老农，献出了年轻而宝贵的生命。张华的牺牲在社会上引起了强烈反响。多数人赞扬张华的这种高尚境界，但也有一些人认为张华的行为是"用金子去换石头"，太不值得。他们说："一个知识丰富、风华正茂、前途无量的知识分子，为救一个没有多少文化而又风烛残年的老农而死，这是得不偿失的行为！"

二十多年过去了，在社会主义市场经济高速发展的今天，认为张华的行为是"得不偿失"的人，是多了还是少了呢？对于今天的我们来说，这场大讨论的实质在于，在已经实行社会主义市场经济的当代中国，还有没有比生命和财富更为珍贵的价值存在？我的回答是——超越于一切庸俗功利之上的崇高品德，是比生命和财富更为珍贵的价值存在！

关于青少年树立正确的价值观的问题，我想简单谈谈以下四点：一、树立正确的价值观的重要性和紧迫性；二、树立正确的价值观应把握的几个要点；三、树立正确的价值观的途径和方法；四、当前对青少年影响较大的几种人生价值观。

一、树立正确的价值观的重要性和紧迫性

关于树立正确的价值观的重要性和紧迫性，我们可以讲出十条二十条，其中最重要的一条就是——这是培养和造就千百万无产阶级革命事业接班人的需要。党中央一贯强调：只有赢得青年，才能赢

得未来。我们不能被一些表象所迷惑，而是要努力练就哲人一般的慧眼，否则就只能从社会的表层去拾取生活的碎片。

二、树立正确的价值观应把握的几个要点

1.什么是价值观

世界观通常是指人们对客观外在世界的根本看法，人生观指的是人们对人生目的的根本看法，价值观指的是人们对事物（包括人）有无价值和价值大小的根本看法。

从逻辑关系上说，世界观由自然观、历史观（亦称社会历史观）和人生观三大部分构成。在这三大部分中，人生观是核心。在人生观中，又包括许多重要的子观点，在这些子观点中，价值观是核心。世界观、人生观、价值观这三者又是相互渗透、相辅相成的。

2.价值的三种主要形态

为了正确理解价值观，我们需要明白价值的三种主要形态，即物质价值、精神价值和人生价值。

什么是物质价值？物质价值是指满足人类物质需要的价值。物质价值包括自然价值和经济价值两个方面。

什么是精神价值？精神价值是指满足人类精神需要的价值。精神价值包括理想价值、道德价值、哲学价值、政治价值、审美价值、爱情价值等。精神价值是人类区别于其他动物的重要标志。

什么是人生价值？人生价值是指人活着的意义和价值。人生价值既不同于物质价值，也不同于精神价值。在三大价值形态中，人生价值处于核心位置。人具有主体和客体的双重属性。作为主体，享用他人和社会创造的价值；作为客体，又创造价值去满足他人和社会的需要。

青年朋友们，我们一定要弄清这三种价值形态，这对于我们树立正确的价值观，有着极其重要的作用。

3.什么是正确的人生价值观

人生价值包括自我价值和社会价值两个方面。所谓自我价值，是指社会对一个人的尊重和满足；所谓社会价值，是指一个人对社会的责任与奉献。正确的人生价值观应该是自我价值和社会价值的有机统一。也就是说，我们既要讲社会对个人的尊重和满足，更要讲个人对社会的责任与奉献。

值得注意的是，受拜金主义、享乐主义、极端个人主义思潮的影响，当前有相当一部分人过于强调自我价值，忽视甚至否定社会价值。这是由于他们不了解——一个人的奉献，正是另一个人能够得到满足的前提和基础。如果所有的人都只讲社会对个人的尊重和满足，而不讲个人对社会的责任与奉献，那每一个人所期望的"满足"，就都将成为无源之水、无本之木。

有这样一个民间故事：有十个老爷子，相约搞一场聚会，商量好每人自带一壶酒。可是，其中有个人耍了个心眼儿，带了一壶水，觉得大家不会发现。但没想到，十个人都耍了心眼儿……结果大家都喝了一肚子水回家。这个民间故事道出了一个非常深刻的哲理：在这个世界上，要想喝到酒，就得有人酿造和奉献酒，如果大家只能给社会奉献白水的话，还有谁能喝到美酒呢？

三、树立正确的价值观的途径和方法

1.坚定信念

具体地说，应该强化"四信"——夯实对马克思主义的信仰，坚定对社会主义的信念，增强对改革开放和现代化建设的信心，强化对党和政府的信任。信仰是超越现实、超越自我、追求最高价值的自我意识，是对具有最高价值对象的高度景仰与向往。"四信"中，"信仰"是根本。

2.崇尚学习

毛泽东同志曾语重心长地要求我们："我们要振作精神，下苦功学习。"尤其要学好马列主义理论。这种学习应该是系统的，而不是零碎的；是深刻的，而不是肤浅的；是准确的，而不是扭曲的。谈到学习，我们还要牢记列宁的两段名言——"忽视高深知识的问题，只会便于骗子手、蛊惑宣传者和反动派愚弄那些只学过字母的人。""没有革命的理论，就不会有革命的运动。在醉心于最狭隘的实际活动的偏向同时髦的机会主义说教结合在一起的情况下，必须始终坚持这种思想。"为了更好地为实现共产主义而奋斗，希望青少年朋友们在理论学习上尽快实现由"要我学"到"我要学"的转化。

3.刻苦修炼

"修炼""修养""改造"这三个词有着相似的意思。道德修养的楷模周恩来同志曾经说过："活到老，学习到老，改造到老。"欧洲有一句古老的格言："人，半是天使，半是野兽。"革命导师恩格斯也说过："人来源于动物这一事实已经决定人永远不能完全摆脱兽性。"人怎样才能摆脱自己身上的兽性呢？那就是自觉地、持之以恒地坚持自我改造。

4.努力践行

恩格斯说："对头脑正常的人来说，判断一个人，当然不是看他的声明，而是看他的行为；不是看他自称如何如何，而是看他做些什么和实际是怎样一个人。"

要想树立起正确的价值观，就必须积极投身到改革开放和社会主义现代化建设的伟大事业中去。

四、当前对青少年影响较大的几种人生价值观

人们都说，我们处在一个价值取向多元化的年代里，这话千真万确。无论是国内还是国际上，都有一些文化掮客、理论贩子、学术骗子粉墨登场，招摇过市。多数青少年思想上还不够成熟，识别能力不算太强，因此，我想简要介绍几种影响较大的价值观。

1.唯意志主义的价值观

唯意志主义是一种把非理性的意志作为宇宙万物本源的主观唯心主义哲学派别。代表人物是德国的叔本华和尼采。在叔本华看来，人生是痛苦的。他认为人的自私的本性使人与人之间像狼与狼一样互相争斗，互相吞并……通往幸福与安宁的路，就是"绝欲"和"死亡"。尼采认为，人的本能是利己的，人人都是利己主义者。他认为，利己主义会导致人的颓废。他的结论是：生命的原则就是使用暴力掠夺、征服和践踏异己者。要把弱者和异己者当作自己成功的垫脚石。

2.实用主义的价值观

实用主义是以经验主义为特征的主观唯心主义哲学派别。实用主义的真正奠基者和学术中心人物是美国的威廉·詹姆士。实用主义的最大特点可以用詹姆士的一句名言来表述——"有用即真理"。詹姆士用价值论取代真理论，陷入错误的泥潭。美国的杜威也是实用主义的代表人物之一。詹姆士认为"有用即真理"，杜威则认为"真理即工具"。中国的胡适是杜威的学生，也是一个有名的实用主义者。胡适曾在我国传播过杜威的实用主义，这种价值观在五四运动

初期对批判封建主义礼教起到过一定的积极作用。但随着马克思主义在中国的广泛传播,它就逐渐变成了一种反动的社会思想。

3.存在主义的价值观

存在主义是当代西方哲学中影响最大、流传最广的哲学派别之一,最著名的代表人物是法国哲学家萨特。存在主义的最大特点可以用萨特的名言"他人就是地狱"来概括。萨特追求的自由是摆脱一切制约的绝对自由。他所说的绝对自由只能靠"摆脱集体、摆脱社会、摆脱他人"来获取。因此,萨特的价值观是敌视社会、敌视集体、敌视他人的唯我主义的反动的价值观。

4.中国儒家的价值观

儒家的始祖是生于公元前551年的孔子。孔子对人生充满信心,他积极主张入世,提出了独具特色的儒家的价值观。两千多年来,儒家思想对我国产生了巨大的影响。孔子强调理想的价值,但受时代和阶级的局限,他的"为东周"的"克己复礼"的主张,是同社会发展背道而驰的,因而是不可取的。"重义轻利"是儒家价值观的最大特点。后来,孟子又升华了孔子的义利学说,主张"舍身取义"。这样的价值观在今天仍有重要的现实价值。不过,儒家"学而优则仕"的读书做官、官贵民贱的思想,对后世乃至今日有着很多负面的影响。

价值观具有鲜明的社会性和阶级性。"一切为了人民",这是马列主义的本质要求,也是正确的价值观的精髓!

浅论幸福观

  我对幸福观进行过多年的探讨,但至今只收获了一点浅陋之见。我不想把我的看法强加给任何人,我只是希望我的浅陋之见能够引起人们,特别是青少年朋友们对树立正确的幸福观的关注,因为幸福观是人生观中一个非常重要的子观点。

  德国哲学家叔本华说,健康就是幸福;德国哲学家费尔巴哈说,生命本身就是幸福;英国哲学家罗素说,平静就是幸福;美国哲学家杜威说,不断成功就是幸福。中国古代文学家范仲淹说:"先天下之忧而忧,后天下之乐而乐。"文学家苏辙说:"盖天下之乐无穷,而以适意为悦。"诗圣杜甫从推己及人的伟大情怀中获得幸福,他在自己的房子"床头屋漏无干处"的惨景下,想到的却是"安得广厦千万间,大庇天下寒士俱欢颜!风雨不动安如山。呜呼!何时眼前突兀见此屋,吾庐独破受冻死亦足!"

  可以说,一千个人心中会有一千种对幸福的感悟与理解。

  以上我所引的各家说法都很有哲理,但对于幸福观来说,则应以更深邃的目光和更广阔的视野来探讨和阐释。

  因为幸福观的话题很大,我在这里想就幸福的内涵谈些看法。

  正确的幸福内涵至少应该包括十大基本要素,体现三大和谐统一。幸福内涵的十大基本要素是:一、平和的心态;二、渊博的智识;

三、高卓的品格；四、健壮的体魄；五、成功的事业；六、纯洁的爱情；七、真挚的友谊；八、自由的思想；九、适量的金钱；十、质朴的真理。三大和谐统一是：一、人的自身的和谐统一；二、人与社会的和谐统一；三、人与自然界的和谐统一。

一、平和的心态

英国诗人约翰·弥尔顿说："意识本身可以把地狱造就成天堂，也能把天堂折腾成地狱。"此话精辟而深刻。春秋时期，楚共王在打猎时丢了一张镶满宝石的弓，属下赶忙去寻找，楚共王却豁达地告诉大家不用找了，并解释说："楚王失弓，楚人得之，又何求之？"后来，这件事传到了孔子的耳朵里，孔子说："何必要那个'楚'字？人遗弓，人得之。"再后来，这件事又传到了老子的耳朵里，老子说："何必要那个'人'字？失之，得之！"老子的话把这件事上升到了一个更深刻的哲学层面。

一位哲人说过："如果你寻找不到幸福，那绝不意味着你与幸福无缘，只是说明你还缺乏感知幸福的能力。"欧洲有句古老的谚语："生活永远是上帝与魔鬼的复合物。"这话千真万确，它道出了生活的真谛。有一种人，眼里专盯着失意与不幸，甚至有意无意地总是用显微镜来放大这些失意与不幸，可谓"生年不满百，常怀千岁忧"。因此，他的生活里总是难以摆脱痛苦与烦恼。还有一种人，他们总是以平和、乐观的心态对待生活，得意淡然，失意泰然。他们永远不会被前进途中的坎坷与挫折折磨得六神无主，因为他们坚信："假如生活欺骗了你，不要悲伤，不要心急，忧郁的日子里需要镇静；相信吧，快乐的日子，将会来临！"他们坚守这样的信条："生活，就是面对现实微笑,就是越过障碍注视将来。"

二、渊博的智识

智商不完全是先天决定的,我们要有意识地从以下几个方面提高自己的智商,包括思维能力、想象能力、反应能力、观察能力、记忆能力、表达能力、综合运用能力等。以记忆力为例,日本有个背数奇才,名叫友寄英哲,他自幼喜欢背诵数字。1979年,友寄英哲以背诵圆周率小数点后两万位数字而成为全世界的记忆冠军。1988年,五十四岁的友寄英哲准确无误地背诵出圆周率小数点后四万位数字。他还表示,自己实际上能背诵出圆周率小数点以后的十万位数字。背诵不仅提高了他的智商,而且给他带来了别人无法体验的快乐。

三、高卓的品格

从道德上衡量,人的品格基本可以分为五个层次:利己损人、利己不损人、利己利人、后己先人、舍己为人。第四和第五两个层次可以说是很高的境界。在二万五千里长征中,有这样两个真实的故事。一个故事是在长征途中,有位干部模样的人穿着一件单衣冻死在一棵大树下,部队首长正好从此经过,看到后愤怒不已,让人去找负责分配装备的军需处长。周围的人含泪告诉首长,这个冻死的人就是军需处长,他把所有能够御寒的东西都分给了别人,自己穿着单衣冻死在大树下。另一个故事是在长征途中,一位女干部和她下属的炊事班长以及几个战士掉了队,他们已经三天粒米未进。炊事班长好不容易从当地百姓家中买来几斤粮食，但当这位女干部得知这是百姓的种子粮时，非让炊事班长把这粮食送回去不可。最后这位女干部因饥饿而牺牲。

四、健壮的体魄

英国哲学家培根有一句名言："病弱的身体是灵魂的监狱。"德国的叔本华也说过："人类所能犯的最大错误，就是拿健康来换取其他身外之物。"

健壮的体魄不仅是个人幸福的载体，而且关系着整个民族的素质。特别是对青少年来说，健壮的体魄对其思想品德的提升、智力的发育、审美素养的形成都有着不可替代的作用。

五、成功的事业

成功的事业不一定意味着高官，不一定意味着物质财富的富有，也不一定意味着显赫的荣誉与名声。马克思早在青年时代就曾说过："如果我们选择了最能为人类福利而劳动的职业，那么，重担就不能把我们压倒，因为这是为大家而献身；那时我们所感到的就不是可怜的、有限的、自私的乐趣，我们的幸福将属于千百万人，我们的事业将默默地但是永恒发挥作用地存在下去，而面对我们的骨灰，高尚的人们将洒下热泪。"

六、纯洁的爱情

爱情是美好而甜蜜的，人们把它视为太阳、鲜花和美酒。古往今来，无数的诗人、作家几乎用尽人世间最华美的语言，尽情地讴歌它、赞颂它，赋予它如诗如画般的意境。爱情的确是人类情感中最炽烈、最深沉、最美好的一部分，是一种崇高的精神生活。

纯洁的爱情尤为珍贵。爱情是块试金石。周恩来总理与邓颖超的婚姻堪称爱情的楷模。当年在南开求学时，校董严修托人提亲，要把女儿嫁给周恩来。严修是社会名流，与严家结亲，是进身的良机，可以说是许多穷学生梦寐以求的美事，但胸怀大志的周恩来不想攀高接贵，婉拒了这份美意。后来，周恩来结识了邓颖超。邓颖超虽然没有出众的容貌，没有显赫的背景，但她坚强、勇敢、热情而又富于牺牲精神。婚后的两人相濡以沫，共同携手走完美好的一生。

纯洁的爱情一定要和伟大的事业交织在一起。正如哲学家黑格尔所说："爱情是男女青年共同培育的一朵鲜花，倘若把它圈于个人私生活的狭小天地里，就要枯萎凋零，只有使它植根于为人类幸福而努力奋斗的无限沃壤中，才会盛开不衰。"

七、真挚的友谊

友谊是个美好而动人的字眼。友谊是神圣的，友谊的力量是巨大的。友谊是人生中可贵的无价之宝，是人生中璀璨的幸福之花。古往今来，友谊曾被所有的阶级、所有的阶层所歌颂，在历史长河中留下了无数动人的篇章。那首源自苏格兰诗歌的《友谊地久天长》更是脍炙人口,多年来久唱不衰! 但是,什么是真正的友谊,怎样选择真正的朋友,人们未必都有明确的认识。

说起友谊的类型,古今中外有很多种划分方法。古希腊哲学家亚里士多德把友谊分成三类:一是"有益型",二是"快乐型",三是"美德型"。我国明代学者苏浚把朋友分成四种:一是畏友,二是密友,三是昵友,四是贼友。

真挚的友谊应是情投意合与志同道合的有机统一。

马克思与恩格斯的友谊是真挚友谊的典范。马克思与恩格斯的友谊是在对科学共产主义的创立和传播中建立和深化的。许多熟悉他们的亲友都说:"当我们回忆恩格斯的时候,就不能不同时想起马克思,同样,当我们回忆马克思的时候,也就不免会想起恩格斯。他们两人的生活联系得如此紧密,简直是统一而不可分的。可是他们又都具有鲜明而突出的个性……"在探寻真理的道路上,他们有时也会争论得面红耳赤,但使马克思和恩格斯亲密的原因是:"他们时时刻刻设法给对方以帮助,都为对方在事业上的成就感到骄傲。""他们所有的一切,无论是金钱或是学问,都是不分彼此的。"恩格斯可以说是马克思家的一员,马克思的女儿们把恩格斯当作第二个父亲。马克思的女儿艾琳娜说:"我父亲和恩格斯之间的友谊,将来一定也会像希腊神话中达蒙和芬蒂阿斯的友谊那样,成为一种传奇。"

八、自由的思想

自古以来,自由就是人们追求的目标。

莎士比亚说过:"即使把我放在火柴盒里,我也是无限空间的主宰者。"

爱因斯坦说过，为了能保持思想上的独立和自由，"我宁愿做一个管道工或小贩"。

　　裴多菲的《自由与爱情》更是体现了对自由的渴望。"生命诚可贵，爱情价更高，若为自由故，二者皆可抛。"在他眼里，生命、爱情、自由这三个元素中，自由高于生命，也高于爱情。

　　但是，在马克思之前的思想家们，由于所处时代和条件的局限，都难免受到唯心主义和形而上学观点的影响。马克思主义认为：自由是人类的最高价值。个体自由的实现依赖整个社会文明的发展，依赖整个社会环境的改善。因此，个体为了实现自由，就要服从社会的总体发展。但是个体服从群体，并不意味着群体压抑个体。《共产党宣言》告诉我们，人的自由全面发展是共产主义社会的根本特征。马克思是重视物质生活条件的，因为它是人类生存的基础，但是这不等于说物质生活是最重要的；正相反，马克思把精神价值放在了物质价值之上。马克思的着眼点不是"物"，而是"人"。

九、适量的金钱

　　幸福并不需要太多的钱。我经常用以下十二条格言省察自己对金钱的态度。

　　凡是钱能够买到的东西，都不贵重。

　　人是不能把金钱带进坟墓的，然而，金钱却把许多人带进了坟墓里。

　　钱的价值完全在于它的消费取向。

　　如果你追求的只是金钱，那么，当你达到目标时，你会发现自己一无所有。

金钱本身并无善恶之分，关键是看它在谁的手里：在小人的手中，它是万恶之本；在君子的手中，它是万善之源。

我们轻蔑、鄙弃、厌恶、鞭挞、申斥、声讨、讥笑、嘲讽、奚落物欲的贪婪，但是我们也应当有一些在一定的时候能够给别人带来安慰与快乐的必要的钱财储备。

非道储财草头露，无德富贵天上云。

财富就像海水，喝得越多，你就越感到渴。

每一笔财产都是一块绊脚石。

首先是最崇高的思想，其次才是金钱。光有金钱而没有最崇高的思想的社会，是会崩溃的。

上下交征利而国危矣。

一个国家的前途，不取决于国库的殷实，不取决于城堡的坚固，也不取决于公共设施的华丽，而是取决于这个国家国民品格的高下。

十、质朴的真理

追求真理是幸福的最重要的元素。离开对真理的追求，绝无幸福可言！为了锤炼执着追求真理、英勇献身真理的信念与精神，以下几条格言，在"吾日三省吾身"时，是万万忘记不得的。

和真理在一起，就是和幸福在一起。

对真理的追求比对真理的占有更为可贵。

坚持真理有时比发现真理更难。

真理即使带来损害，也胜过谎言带来欢乐。

向真理低头，不会变成矮子。

在探寻真理的路上，任何一个以权威自居的人，都必将在上帝的戏笑中垮台。

假如真理反对你，就向真理投降。

偏见比无知距离真理更远。

一切都将过去，只有真理永存。

下面再来谈谈幸福的三大和谐统一。第一点是人的自身的和谐统一。这主要包括两点：一是精神享受和物质享受的统一，二是创造幸福和享受幸福的统一。我们不能光在前人的大树下乘凉，我们还要栽下一片树林，为后人留下一片绿荫。第二点是人与社会的和谐统一。即人与他人、人与集体、人与国家民族、人与人类的和谐统一。这就是"人人为我，我为人人"。第三点是人与自然界的和谐统一，即人与动物、植物、自然环境的和谐统一。中国传统文化中的"天人合一"理念非常值得借鉴。老子"无为"的主张时常被误解。其实早在两千多年以前，汉代的《淮南子》就对"无为"进行过正确而精彩的论述。书中认为，"无为"并不是让人待在那里什么都不干，而是不要以自己的违反自然规律的主观意志与嗜好去肆意妄为。应该遵循自然的规律，顺着它的趋势因势利导，就像大禹治水那样。

扫码观看王辅成讲座视频